Die drei !!!

Maja von Vogel

Die drei !!!

Das rote Phantom

KOSMOS
bei CARLSEN

Außerdem in der Reihe *Die drei !!!* im Carlsen Verlag lieferbar:
Die drei !!! – Die Maske der Königin
Die drei !!! – Filmstar in Gefahr / Tanz der Hexen (Doppelband)
Die drei !!! – Gefahr im Reitstall
Die drei !!! – Heuler in Not
Die drei !!! – Jagd im Untergrund
Die drei !!! – Krimi-Dinner
Die drei !!! – Kuss-Alarm
Die drei !!! – Nacht der Elfen
Die drei !!! – Nixensommer / Flammen in der Nacht (Doppelband)
Die drei !!! – Skandal auf dem Laufsteg
Die drei !!! – Spuk am Himmel
Die drei !!! – VIP-Alarm

FSC
www.fsc.org
MIX
Papier | Fördert gute Waldnutzung
FSC® C021394

Wir produzieren nachhaltig
- Klimaneutrales Produkt
- Papiere aus nachhaltigen und kontrollierten Quellen
- Hergestellt in Europa

Veröffentlicht in der Carlsen Verlag GmbH
Völckersstraße 14–20, 22765 Hamburg
Februar 2023
Mit freundlicher Genehmigung des Franckh-Kosmos Verlages
Die drei !!! – Das rote Phantom von Maja von Vogel

Umschlagbild: Anike Hage
Umschlaggestaltung: formlabor
ISBN 978-3-551-32088-9

Die drei !!!

Das rote Phantom

Besuch vom Meisterkoch

Franzi ließ den Mann mit dem Messer nicht aus den Augen. Die große, scharfe Klinge blitzte kurz auf, als er mit voller Wucht zustach. Einmal, zweimal, dreimal. Seine Bewegungen waren sicher und präzise. Hier war ein Profi am Werk. Ein Profi, der sein Handwerk verstand und keine Sekunde zögerte, wenn es darauf ankam.
»So, das hätten wir.« Maxime legte das Küchenmesser zur Seite und drehte sich lächelnd um. »Das Hähnchen lässt sich am besten mit einem sehr scharfen Messer zerteilen. Franzi, du kannst schon mal die Kartoffeln abbürsten. Kim, viertelst du bitte die Zitronen?«
»Klar.« Franzi nickte und auch Kim machte sich eifrig an die Arbeit.
Maxime war zum Glück kein Serienkiller, sondern ein preisgekrönter Koch aus Paris, der sogar eine eigene Kochshow im Fernsehen hatte. Außerdem betrieb er ein kleines, aber feines Restaurant in der Innenstadt, das *Chez Maxime*. Dort wurden die Gäste mit französischen Spezialitäten, ausgesuchten Weinen und perfektem Service verwöhnt.
Heute kochte Maxime jedoch nicht in seinem Restaurant, sondern in der Küche von Familie Jülich. Franzi und ihre Freundinnen Kim und Marie hatten vor einer Weile an einem Krimi-Dinner teilgenommen, das Maxime im Jugendzentrum veranstaltet hatte. Dort war ihr Detektivclub *Die drei !!!* gleich doppelt zum Einsatz gekommen. Sie hatten Maxime nicht nur aus einer brenzligen Situation gerettet,

sondern auch den fiktiven Fall während des Krimi-Dinners gelöst. Kim hatte den ersten Preis gewonnen: einen Gutschein für eine exklusive Küchenparty bei ihr zu Hause. Außer Franzi und Marie hatte Kim noch ihren Freund Michi und Maries Freund Holger eingeladen. Kims Familie war natürlich auch dabei.

»Ich kann immer noch nicht glauben, dass Maxime tatsächlich hier ist«, flüsterte Kim Franzi zu, während sie die Zitronen zerteilte.

Franzi grinste. »Ich glaube, deiner Mutter geht es ähnlich. Sie ist ganz schön nervös, oder?« Sie warf einen Blick zu Frau Jülich hinüber, die mit hochroten Wangen am Küchentisch saß und Pfifferlinge für den Salat klein schnitt.

»Ist es so richtig, Monsieur Maxime?«, fragte Kims Mutter gerade. »Oder sind die Stücke zu groß?«

»Perfekt!« Maxime nickte ihr freundlich zu. »Aber nennen Sie mich bitte einfach Maxime.«

Frau Jülich errötete leicht und hauchte: »Wenn Sie darauf bestehen, Maxime …«

»Meine Frau sieht sich jeden Donnerstag Ihre Kochshow an«, erzählte Herr Jülich. »Sie war völlig aus dem Häuschen, als Kim verkündet hat, dass Sie zu uns kommen.«

»Also bitte, Peter, das interessiert Monsieur … äh, ich meine, Maxime doch überhaupt nicht.« Frau Jülich warf ihrem Mann einen vorwurfsvollen Blick zu.

»Freut mich, dass Ihnen meine Show gefällt.« Maxime wischte sich die Hände an seiner blütenweißen Kochschürze ab, die die Aufschrift *Restaurant Chez Maxime* trug. »Marie, was macht der Feldsalat?«

»Fertig!« Marie stellte eine große Schüssel mit frisch gewaschenem und gezupftem Feldsalat auf den Küchentisch.

»Sie können jetzt die Pfifferlinge kurz anbraten«, wies Maxime Frau Jülich an. »Ich kümmere mich um die Gewürzmischung für das Hähnchen.« Er zauberte ein kleines Glas hervor, das mit einem gelblichen Pulver gefüllt war. Kaum hatte er den Deckel abgeschraubt, breitete sich intensiver Currygeruch in der Küche aus.

»Ist das etwa deine berühmte Curry-Gewürzmischung?«, fragte Marie ehrfürchtig. Der Starkoch hatte ihr und den anderen Teilnehmern des Krimi-Dinners das Du angeboten.

Maxime nickte. »Ich habe sie noch etwas verfeinert. Jetzt ist das Mischverhältnis perfekt.« Er verteilte die Hähnchenstücke auf einem Backblech und rieb sie großzügig mit dem Pulver ein. »Ohne euch wäre die Rezeptur jetzt in den Händen der Konkurrenz. Ich kann euch gar nicht sagen, wie dankbar ich euch bin.«

»Keine Ursache.« Franzi sog den Curry-Duft ein und dachte an ihren letzten Fall, den sie an nur einem Nachmittag gelöst hatten. Das war selbst für die erfolgreichen drei !!! ein absoluter Rekord.

»Jetzt träufle ich noch etwas Honig auf das Hähnchen«, sagte Maxime. »Kim, du kannst schon die Zitronen dazugeben.«

Während Kim die Zitronenschnitze zwischen das Fleisch legte, sah ihr Vater dem Meisterkoch interessiert zu.

»Wozu ist der Honig?«, erkundigte er sich.

»Der Honig karamellisiert auf dem Hähnchen und ergibt zusammen mit der Curry-Gewürzmischung einen unvergleichlichen Geschmack«, erklärte Maxime.

»Das muss ich mir unbedingt merken«, murmelte Herr Jülich. »Toll, was man von einem echten Profi alles lernen kann.«

Seit Kims Vater seinen Job als Uhrmacher gekündigt und sich als Kuckucksuhren-Hersteller selbstständig gemacht hatte, war er zu großen Teilen für den Haushalt und das Kochen zuständig. Neuerdings sammelte er Rezepte, um etwas Abwechslung in den Speiseplan seiner Familie zu bringen.

»Hier kommen die Getränke!« Michi und Holger betraten die Küche und brachten einen Schwall frischer Luft mit herein. Holger stellte eine Kiste Mineralwasser neben der Tür ab und Michi trug einen Korb mit mehreren Flaschen Apfel- und Orangensaft, die er in den Kühlschrank räumte.

»Vielen Dank, mein Schatz.« Kim drückte ihrem Freund einen schnellen Kuss auf die Lippen.

»Keine Ursache.« Michi legte den Arm um Kim und lächelte ihr verliebt zu.

Holger schnupperte genießerisch. »Hier riecht es ja schon richtig gut«, stellte er fest. »Da bekomme ich sofort Hunger.« Er wollte sich etwas Feldsalat aus der Schüssel angeln, aber Marie klopfte ihm auf die Finger.

»Nicht naschen«, wies sie ihren Freund zurecht. »Den Salat gibt's erst später.«

Holger seufzte. »Sei doch nicht so streng.«

Marie grinste. »Tut mir leid. Wie wär's mit einer kleinen Wiedergutmachung?« Sie umarmte Holger und küsste ihn aufs Ohr.

Holger lachte und schüttelte sich. »Das kitzelt. Na warte, das kriegst du zurück!«

Während Marie und Holger sich kichernd gegenseitig durchkitzelten, spürte Franzi einen Stich in der Brust. Sie versuchte das bittere Gefühl zu verdrängen, das in ihr aufstieg. Ein vertrautes Gesicht tauchte vor ihrem inneren Auge auf: milchkaffeebraune Haut, ein lachender Mund mit strahlend weißen Zähnen, dunkelbraune Augen und schwarze Ringellocken. Felipe!

Franzi sah ihren Ex-Freund so genau vor sich, als hätten sie sich gestern erst getroffen. Dabei war ihre Trennung schon eine ganze Weile her und Franzi hatte den schlimmsten Liebeskummer eigentlich hinter sich. Am Anfang hatte sie Felipe furchtbar vermisst, aber inzwischen schaffte sie es meistens, sich mit ihren Hobbys und dem Detektivclub abzulenken. Da gerade kein neuer Fall in Sicht war, hatte Franzi umso mehr Zeit, auf ihrem Pony Tinka auszureiten, mit ihren Inlinern durch den Skatepark zu düsen und joggen oder schwimmen zu gehen. Ein Leben ohne Sport war für Franzi unvorstellbar. Beim Skaten oder Reiten konnte sie völlig abschalten. Außerdem setzte die körperliche Anstrengung Glückshormone frei, die sie allen Kummer vergessen ließen.

Entschlossen schob Franzi den Gedanken an Felipe beiseite. Sie wollte diesen Nachmittag in vollen Zügen genießen und nicht ihrem Ex-Freund hinterhertrauern. Es wurde Zeit, das Kapitel Felipe endgültig abzuschließen.

»Was soll ich mit den Kartoffeln machen?«, fragte Franzi Maxime, der gerade den Honig zur Seite stellte.

»Die Kartoffeln kommen auch auf das Backblech«, erklärte der Koch. »Du kannst sie vorsichtig zwischen das Fleisch legen. Das ist übrigens eine ganz besondere französische Sorte«, fuhr er fort. »Sie heißt *La Ratte*. Die Kartoffeln zeichnen sich durch ihre Hörnchenform und ihren nussigen Geschmack aus. Diese alte Sorte wurde lange nicht mehr angebaut, weil sie nur wenig Ertrag brachte. Vor einigen Jahren ist sie für den Feinschmeckermarkt wiederentdeckt worden. Ich beziehe sie von einem Biobauern hier in der Nähe.«

»Also kochen Sie vorwiegend mit regionalen Produkten?«, erkundigte sich Herr Jülich, während seine Frau vorsichtig die Pfifferlinge in der Pfanne wendete.

Maxime nickte und schob das Backblech in den vorgeheizten Ofen. »Ich versuche, so viel wie möglich saisonal und regional einzukaufen. Das ist gut für den Geschmack – und für die Umwelt.«

In diesem Moment flog die Küchentür auf und ein schwarzweißer Blitz sauste herein.

»Herrje!« Maxime zuckte zusammen. »Was ist *das*?«

»Pablo!«, rief Frau Jülich streng. »Raus aus der Küche!«

Aber der Hund dachte gar nicht daran. Er rannte direkt auf Franzi zu und sprang schwanzwedelnd an ihr hoch.

»Hallo, mein Hübscher!« Franzi ließ die stürmische Begrüßung lachend über sich ergehen. Sie mochte Pablo, auch wenn der Hund der Jülichs nicht besonders gut erzogen war. Dafür sah er mit seinen langen Schlappohren, dem wuscheligen schwarz-weißen Fell und den treuen braunen Hundeaugen einfach zu süß aus. Pablo war ein Cockerspaniel-Mischling, den Jülichs als Welpen aus dem Tierheim geholt hatten. Inzwischen war er ordentlich gewachsen, aber an seinem lebhaften Temperament hatte sich nichts geändert. Genauso wenig wie an seiner Vorliebe für Franzi. Pablo schien genau zu spüren, dass Kims Freundin ausgesprochen tierlieb war.

»Pablo, Pablo, wo bist du?« Kims zehnjährige Zwillingsbrüder Ben und Lukas stürmten in die Küche.

»Warum habt ihr nicht auf Pablo aufgepasst?«, fragte Kim vorwurfsvoll. »Der Hund hat in der Küche nichts zu suchen.«

»Er ist ausgebüxt«, behauptete Lukas.

Bens Magen knurrte. »Wann gibt es Essen? Ich hab Hunger!«

»Hun-ger, Hun-ger!«, rief Lukas und sein Bruder fiel sofort ein.

»Hun-ger, Hun-ger, Hun-ger!«, grölten die Zwillinge und stampften mit den Füßen im Takt dazu.

Kim verdrehte die Augen, Frau Jülich schimpfte, Herr Jülich lachte und Pablo bellte laut. Franzi kraulte ihn beruhigend zwischen den Ohren und betrachtete kopfschüttelnd das Spektakel. Kims Brüder waren eindeutig die größten Nervensägen des Universums. Jedes Mal, wenn Franzi ihnen begegnete, war sie froh, keine jüngeren Geschwister zu haben. Franzis ältere Schwester Chrissie konnte zwar auch ganz schön anstrengend sein, aber das war nichts im Vergleich zu den Zwillingen. Mit ihrem großen Bruder Stefan kam Franzi zum Glück richtig gut klar. Stefan studierte BWL und lebte in einer WG in der Innenstadt.

Schließlich griff Maxime nach einem Kochlöffel und schlug dreimal gegen die Salatschüssel. Die Zwillinge verstummten. »Sehr schön.« Der Koch nickte zufrieden. »Ihr zwei könnt

jetzt den Tisch decken und dann beginnen wir mit der Vorspeise.«
Zum Erstaunen aller leisteten Ben und Lukas der Anweisung augenblicklich Folge. Ohne zu murren, schnappten sie sich Teller und Besteck und verschwanden im Esszimmer. Pablo trabte schwanzwedelnd hinterher.
»Wie haben Sie das gemacht?«, fragte Herr Jülich beeindruckt. »Wenn ich die Jungs bitte, den Tisch zu decken, stellen sie sich immer taub.«
»Nehmen Sie einfach einen Kochlöffel in die Hand, das verschafft Ihnen eine natürliche Autorität.« Maxime zwinkerte Kims Vater zu. »Und wenn das nicht hilft, können Sie vor lauter Ärger immer noch hineinbeißen.«
»Guter Tipp.« Herr Jülich lachte.
»Fertig«, riefen die Zwillinge aus dem Esszimmer. »Wir können essen!«

Kurze Zeit später saßen alle um den festlich gedeckten Tisch. Frau Jülich hatte extra eine weiße Tischdecke aufgelegt und die silbernen Kerzenleuchter poliert. Franzi saß zwischen Herrn Jülich und Marie und freute sich auf das leckere Menü. Aus der Küche zog bereits der verführerische Duft des gebackenen Hähnchens herüber, aber jetzt war erst einmal die Vorspeise an der Reihe.
»Feldsalat mit Pfifferlingen und karamellisierten Walnüssen«, verkündete Maxime und servierte mit einer ausladenden Armbewegung die Salatteller. »*Bon appétit!*«
Das ließen sich die Gäste nicht zweimal sagen. Genüssliches Schweigen senkte sich über den Tisch. Franzi schloss genie-

ßerisch die Augen. Der würzige Geschmack der Pilze harmonierte perfekt mit der Süße der karamellisierten Walnüsse.
»Ein wahrer Hochgenuss«, stellte Frau Jülich fest. »Ich hätte nicht gedacht, dass man aus einfachem Feldsalat so eine Delikatesse machen kann.«
»Gibt's noch mehr?« Ben hielt Maxime seinen leeren Teller hin. Er und Lukas hatten ihren Salat im Nu verputzt.
»Die Vorspeise soll den Appetit anregen«, erklärte Maxime den Zwillingen. »Sie ist nicht zum Sattessen gedacht. Aber keine Sorge, gleich ist das Hühnchen fertig.«
Auf den Hauptgang, französisches Rosmarin-Zitronen-Hühnchen mit Backkartoffeln, folgte die Nachspeise, Mousse au Chocolat mit Chili und roten Johannisbeeren.
»Göttlich!« Kim seufzte verzückt, während sie sich den letzten Löffel Mousse au Chocolat in den Mund schob.
Franzi und Marie wechselten einen Blick und grinsten. Kim liebte Schokolade, Kuchen und Süßigkeiten über alles. Sie behauptete immer, ohne eine Extrazufuhr Zucker nicht klar denken zu können, aber Franzi hatte den starken Verdacht, dass das nur eine Ausrede war, um während der Ermittlungen des Detektivclubs hemmungslos Süßes zu naschen.
»Ich kann nicht mehr.« Holger schob sein halb volles Schälchen zur Seite. »Aber es hat ganz vorzüglich geschmeckt.«
»Das finde ich auch.« Michi nickte. »Ich bin wirklich froh, dass ich heute mal eine kleine Lernpause eingelegt habe.«
»Und ich erst!« Kim legte ihre Hand auf Michis. »Wenn du weiter so viel lernst, weiß ich bald gar nicht mehr, wie du aussiehst.«
»Glaub mir, ich hätte die Abschlussprüfungen auch lieber

schon hinter mir.« Michi zog eine Grimasse. Seine Ausbildung zum chemisch-technischen Assistenten war fast zu Ende und er wollte sie unbedingt mit guten Noten abschließen.

»Ich finde es prima, dass du dich so gründlich auf deine Prüfungen vorbereitest«, lobte Frau Jülich. »Daran kannst du dir ruhig ein Beispiel nehmen, Kim.«

Kim verdrehte die Augen, was ihre Mutter zum Glück nicht sah.

Maxime tupfte sich mit seiner Serviette die Lippen ab. »Ich hoffe, es hat Ihnen geschmeckt. Leider muss ich mich jetzt entschuldigen, die Pflicht ruft. Es hat mir sehr viel Spaß gemacht, für Sie alle zu kochen.« Er erhob sich.

Frau Jülich stand ebenfalls auf. »Es war mir eine Ehre, Sie persönlich kennenzulernen. Mein Mann und ich werden sicher bald mal in Ihrem Restaurant vorbeischauen.«

Kims Eltern begleiteten den Koch zur Haustür. Die drei !!!, Michi und Holger räumten den Tisch ab. Die Zwillinge hatten sich natürlich mal wieder im richtigen Moment verdrückt. Anschließend machten sich auch Franzi, Marie und Holger auf den Heimweg.

»Vielen Dank für die Einladung!«, rief Marie, während sie sich auf ihr Fahrrad schwang und mit Holger in Richtung Ostviertel davonfuhr.

»Bis bald!« Franzi winkte Kim und Michi zu, die in der hell erleuchteten Haustür standen. Michi hatte den Arm um Kims Schultern gelegt.

»Tschüss«, rief Kim. »Kommt gut nach Hause!«

Auf dem Heimweg trat Franzi kräftig in die Pedale. Obwohl es erst früher Abend war, hatte sich die Novemberdunkelheit bereits über die Landstraße gelegt, die aus der Stadt hinaus und zu dem alten Bauernhaus führte, in dem Franzi mit ihrer Familie wohnte. Die Luft war kühl und feucht. Der nasse Radweg glänzte im Schein des Fahrradlichts und Franzi beschleunigte das Tempo, um möglichst schnell nach Hause zu kommen. Tinka wartete bestimmt schon auf ihr Abendheu. Franzi freute sich auf die gemütliche Wärme des Stalls, den Geruch nach Stroh und Pferd und das sanfte Schnauben ihres Ponys …

Plötzlich zuckte sie zusammen. Lautlos hatte sich ein Radfahrer von hinten genähert und setzte zum Überholen an. Franzi warf einen schnellen Seitenblick nach links, aber die Gestalt hatte sich die Kapuze tief ins Gesicht und einen dunklen Wollschal über Mund und Nase gezogen, sodass kaum etwas zu sehen war.

Als sie genau auf einer Höhe waren, streckte der Radfahrer blitzschnell den Arm aus und griff nach Franzis Rucksack, der vorne in ihrem Fahrradkorb lag.

»He!«, rief Franzi empört. »Was soll das?«

Vorsicht, Überfall!

Ehe Franzi reagieren konnte, war die vermummte Person auch schon an ihr vorbeigezogen – mit ihrem Rucksack!
»Verflixter Mist!«, schimpfte Franzi.
Was sollte sie tun? Den Dieb verfolgen? Ein vorbeifahrendes Auto anhalten? Mit dem Handy Hilfe rufen? Franzi war einen Moment unaufmerksam und geriet auf dem feuchten Radweg ins Schlingern. Geistesgegenwärtig lenkte sie gegen und stützte sich mit beiden Füßen ab. Das Fahrrad wurde langsamer und sie schaffte es in letzter Sekunde, einen Sturz abzufangen. Mit zitternden Knien kam sie zum Stehen.
»Mist, Mist, Mist!« Wütend schlug Franzi mit der Hand auf den Lenker. Weiter vorne wurde der Dieb gerade vom Novemberdunkel verschluckt. So ein dreister Kerl! Aber so schnell würde Franzi nicht aufgeben. »Wenn du das glaubst, hast du dich geschnitten, Freundchen«, murmelte sie zwischen zusammengebissenen Zähnen. »Nicht mit Franziska Winkler!«
Franzi schwang sich wieder in den Sattel und nahm die Verfolgung auf. Sie sauste den Radweg entlang, beugte sich tief über den Lenker und trat rhythmisch in die Pedale. Rechts, links, rechts, links … Der Fahrtwind trieb ihr Tränen in die Augen und ihre Oberschenkel brannten vor Anstrengung. Nach einer Weile begann sie zu keuchen – und musste sich eingestehen, dass sie keine Chance hatte. Der Dieb hatte einen zu großen Vorsprung. Und er war verdammt schnell.
Franzi wollte schon aufgeben, da sauste ein Motorrad an ihr

vorbei. Die Landstraße war leer und der Fahrer drückte aufs Gaspedal. Er hatte den Rucksack-Dieb im Nu eingeholt. Das Motorrad überholte den Radfahrer, scherte nach rechts aus, bremste und kam quer auf dem Radweg zum Stehen, direkt unter einer Straßenlaterne. Dem Dieb war der Fluchtweg versperrt.

Franzi drosselte das Tempo und hielt an. Was war das denn für eine Aktion? Das schien sich der vermummte Radfahrer auch zu fragen. Er musste scharf bremsen, um nicht mit dem Motorrad zusammenzustoßen. Einen Moment standen sich beide reglos gegenüber. Es hatte angefangen zu nieseln. Im Licht der Straßenlaterne hingen die Regentropfen wie feiner Nebel in der Luft.

Plötzlich kam wieder Bewegung in den Dieb. Er ließ den Rucksack fallen, wendete sein Rad und sauste in die entgegengesetzte Richtung davon, direkt auf Franzi zu. Er fuhr so dicht an ihr vorbei, dass sie den Luftzug spüren konnte. Dabei murmelte er etwas, das wie »Verdammter Verrückter!« klang. Seine heisere Stimme jagte Franzi einen Schauer über den Rücken.

Der Motorradfahrer stand immer noch reglos auf dem Radweg und blickte dem Dieb hinterher. Oder sah er Franzi entgegen? Das war schwer zu sagen, denn er trug einen schwarzen Helm mit verspiegeltem Visier. Weder seine Augen noch sein Gesicht waren zu erkennen. Trotzdem hatte Franzi das Gefühl, dass der Typ sie anschaute.

Der Motorradfahrer wirkte seltsam unwirklich im kalten Licht der Straßenlaterne, wie aus einer anderen Dimension. Der Sprühregen bildete eine Art feuchten Heiligenschein

um seinen Kopf mit dem schwarzen Helm. Dazu trug er einen roten Lederanzug und schwere schwarze Stiefel. Auch seine Maschine war feuerrot.
Franzi schluckte. Ihr Mund war plötzlich ganz trocken und ihr Herz klopfte wie verrückt. Wer war dieser Kerl? Woher kam er? Was tat er hier? Sollte sie sich bei ihm bedanken? Immerhin hatte er den Dieb in die Flucht geschlagen. Doch bevor Franzi einen Entschluss fassen konnte, ließ ihr Retter seine Maschine aufheulen. Er nickte ihr zu, drehte am Gasgriff und raste davon. Eine Sekunde später war er in der Dunkelheit verschwunden. Nur das Dröhnen des Motorrads war noch etwas länger zu hören.
Franzi starrte auf die leere Stelle unter der Laterne. Das Motorrad war fort, als wäre es nie da gewesen. Franzi blinzelte verwirrt, während sich ihr Herzschlag allmählich wieder normalisierte. Alles kam ihr so seltsam vor, fast wie ein Traum. Hatte sie das gerade wirklich erlebt? Wie als Antwort auf ihre Frage wurde ihr Blick von einem schwarzen Gegenstand angezogen, der etwas weiter vorne auf dem Boden lag. Ihr Rucksack! Franzi fuhr hinüber, bückte sich und hob ihn auf. Er war ein wenig feucht, aber ansonsten unversehrt. Franzi stellte ihn in den Fahrradkorb, öffnete den Reißverschluss und sah hinein. Portemonnaie, Schlüssel, Lippencreme, MP3-Player – alles da!
Der Regen wurde stärker und Franzi merkte, dass sie erbärmlich fror. Steifbeinig stieg sie auf ihr Rad und legte die letzten Meter bis zu der Abzweigung zurück, die zu ihrem Haus führte. Sie versuchte zu begreifen, was gerade geschehen war, aber ihre Gedanken verknoteten sich immer wieder

wie alte Schnürsenkel. Es hatte keinen Zweck, heute war sie einfach zu müde. Sie würde Tinka noch schnell ihr Abendheu geben und sich anschließend ein heißes Bad einlassen.

Aber eins war klar: Für morgen würde sie ein außerplanmäßiges Clubtreffen einberufen. Sie musste Kim und Marie unbedingt erzählen, was geschehen war. Die beiden würden staunen!

»Du bist *was*?« Marie riss ihre blauen Augen so weit auf, dass die sorgfältig gezupften Augenbrauen fast unter ihren Ponyfransen verschwanden. Wie immer war sie perfekt gestylt. Ihre frisch gewaschenen Haare flossen glänzend über ihre Schultern. Zu einem herbstlichen Wollkleid in Rostrot trug sie schwarze Lederstiefel. Make-up und Nagellack waren natürlich auf den Farbton des Kleides abgestimmt. Franzi musste trotz allem grinsen. Typisch Marie!

»Du bist überfallen worden?« Kim war blass geworden.

»Na ja, nicht so richtig«, wiegelte Franzi ab. »Der Typ hat mir den Rucksack geklaut und ist abgehauen.«

Es war Sonntagvormittag und die drei !!! hatten sich in den Pferdeschuppen hinter Franzis Haus zurückgezogen. Hier befand sich das Hauptquartier des Detektivclubs, in dem sie geheime Lagebesprechungen abhielten und ihre Detektivutensilien aufbewahrten. Draußen vor dem kleinen Fenster war alles grau in grau. Der Tag schien nicht so richtig in Gang kommen zu wollen. Franzi hatte mehrere Kerzen auf dem Tisch angezündet, die warmes Licht verbreiteten, und eine Kanne Ingwertee gekocht.

»Geht's dir gut?«, fragte Kim besorgt. »Hat der Kerl dir wehgetan?«
Franzi schüttelte den Kopf. »Nein, er ist einfach abgehauen.« Sie goss dampfenden Tee in drei Becher. Sofort breitete sich frischer Ingwergeruch im Schuppen aus.
»Ein Glück!« Kim sprang auf und umarmte ihre Freundin. »Das hätte auch anders ausgehen können.«
Kim hatte recht. Erst jetzt wurde Franzi so richtig bewusst, wie gefährlich die Situation gewesen war. Kein Wunder, dass sie noch im Nachhinein eine Gänsehaut bekam.
»Ich bin so froh, dass dir nichts passiert ist.« Marie drückte Franzis Hand. »Dein Schutzengel hat ganze Arbeit geleistet.«
»Wohl eher der Typ auf dem roten Motorrad«, murmelte Franzi.
»Unglaublich, dass er den Dieb einfach gestoppt hat.« Kim fuhr sich durch ihre kurzen dunklen Haare. »Wo kam der Motorradfahrer eigentlich plötzlich her?«
»Keine Ahnung.« Franzi zuckte mit den Schultern. »Wahrscheinlich war er gerade zufällig auf der Landstraße unterwegs.« Sie nahm ihren Becher und pustete vorsichtig in den heißen Tee.
»Moment mal!« Marie setzte sich mit einem Ruck auf. »Ich glaube, ich hab vor ein paar Tagen etwas über ein rotes Motorrad in der Zeitung gelesen. Da war so ein merkwürdiger Bericht …« Sie zog ihr Smartphone aus der Handtasche und ging ins Internet. »Eine Sekunde, ich hab's gleich … Hier!« Triumphierend hielt sie Kim und Franzi das Handy hin. Doch bevor Franzi auch nur einen Satz lesen konnte, zog Marie ihren Arm zurück und scrollte durch den Artikel.

»Worum geht's denn?«, fragte Franzi ungeduldig.
»Um einen vermummten Motorradfahrer auf einer roten Maschine«, berichtete Marie. »Er ist seit einiger Zeit in der Stadt auf Verbrecherjagd.«
Kim trank einen Schluck Tee. »Auf Verbrecherjagd? Was heißt das? Ist er ein Detektiv, so wie wir?«
»Das weiß man nicht.« Marie machte ein geheimnisvolles Gesicht. »Niemand kennt seine wahre Identität. Er wird in der Zeitung nur der Rote Rächer genannt. Offenbar fährt er abends und nachts durch die Gegend und stellt Verbrecher. Sobald die Polizei eintrifft, verschwindet er unerkannt. Hier gibt es noch mehr Artikel über ihn.«
»Zeig mal her.« Franzi griff nach dem Smartphone und überflog den nächsten Bericht. »*Das Phantom hat wieder zugeschlagen. Roter Rächer lässt Polizei alt aussehen. Hat die Stadt ihren eigenen Superhelden?*«, las sie halblaut vor.
Kim lachte auf. »Superheld? So ein Quatsch! Fehlt nur noch, dass sie ihm magische Fähigkeiten andichten. Wer weiß, vielleicht kann das Motorrad ja fliegen ...« Sie kicherte.
Franzi starrte nachdenklich in ihren Tee. »Irgendwie war der Typ tatsächlich seltsam ... so unwirklich. Hinterher kam es mir vor, als hätte ich alles nur geträumt.«
»Das war bestimmt der Schock«, sagte Kim sanft. »Glaub mir, was du gestern erlebt hast, war kein Traum, sondern Realität.«
»Kein Wunder, dass die Presse die Geschichte begeistert aufgreift.« Marie nahm das Handy und steckte es wieder weg. »Die Story hat alles, was die Leute lieben: Spannung, Dramatik ...«

»… und einen geheimnisvollen Helden«, ergänzte Kim.
»Das Phantom …«, murmelte Franzi. »Ich wüsste zu gern, wer dahintersteckt.«
»Das werden wir schon noch herausfinden«, sagte Marie.
Kim nickte. »Außerdem sollten wir uns auf die Suche nach dem Rucksack-Dieb machen, ehe er noch mehr Leute beklaut.«
Franzi machte ein grimmiges Gesicht. »Ich kann es kaum erwarten, diesem Kerl Auge in Auge gegenüberzustehen. Dem werde ich was erzählen! Harmlose Radfahrerinnen zu beklauen, wie dreist ist das denn?«
»Tja, jedenfalls hat er sich gestern das falsche Opfer ausgesucht«, stellte Marie fest. »Eine Detektivin bestiehlt man nicht.«
»Genau.« Kim nickte eifrig. »Wir haben einen neuen Fall, Mädels! Dafür brauchen wir dringend eine Extraportion Power.« Sie streckte den Arm aus.
Franzi und Marie verstanden sofort. Das altbewährte Ritual war den Detektivinnen inzwischen in Fleisch und Blut übergegangen. Sie zelebrierten es jedes Mal, wenn sie besonders viel Energie brauchten.
Auch Franzi und Marie streckten die Arme aus. Alle drei legten die Hände übereinander.
»Die drei !!!«, sagten Kim, Franzi und Marie im Chor.
Kim sagte: »Eins!«, Marie »Zwei!« und Franzi »Drei!«.
Zum Schluss hoben sie gleichzeitig die Hände und riefen: »Power!!!«
Franzi spürte, wie sie von neuer Kraft und Zuversicht erfüllt wurde.

Da ertönte eine Stimme hinter ihr. »Störe ich?«
Franzi fuhr herum. »Mama! Kannst du nicht anklopfen?«
Lächelnd betrat Frau Winkler den Pferdeschuppen. »Das habe ich getan, aber ihr habt mich nicht gehört. Ich bringe euch ein paar Blaubeer-Muffins.«
»Super!« Kims Augen leuchteten auf. »Ich liebe Blaubeer-Muffins.«
»Das freut mich.« Frau Winkler stellte den Teller mit den Muffins auf den Tisch. »Ich habe heute einen großen Auftrag für eine Familienfeier mit vierzig Personen. Drei Bleche Obstkuchen, eine Marzipantorte und dreißig Muffins. Da hab ich gleich ein paar für euch mitgebacken.«
»Ihr Backservice scheint ja richtig gut zu laufen«, stellte Marie fest.
Franzis Mutter betrieb seit einiger Zeit einen kleinen Kuchenlieferservice. Backen war schon immer ihre Leidenschaft gewesen und jetzt hatte sie ihr Hobby zum Beruf gemacht. Es hatte sich schnell herumgesprochen, dass Frau Winklers Kuchen vorzüglich schmeckten, und inzwischen stand das Telefon nicht mehr still.
Frau Winkler nickte. »Ich komme mit dem Backen kaum noch nach. Heute zum Beispiel habe ich schon um sechs Uhr morgens Teig gerührt.«
Franzis Mutter hatte sich kürzlich eine kleine Backstube neben der Küche eingerichtet. Dort hatte sie Ruhe und Platz zum Backen. Auch der große Kühlschrank und der Ofen, die sie eine Zeit lang im Pferdeschuppen zwischengelagert hatte, waren dort untergekommen, sodass die drei !!! ihr Hauptquartier endlich wieder ganz für sich hatten.

»Was ist denn mit Ihrer Freundin, die Ihnen sonst immer geholfen hat?«, erkundigte sich Kim.

»Katja ist leider ausgestiegen«, sagte Frau Winkler bedauernd. »Ihr wurde der Stress irgendwann zu viel.«

»Typisch!« Franzi rümpfte die Nase. »Erst war sie total begeistert und wollte sogar ein Café in unserem Pferdeschuppen eröffnen, aber kaum wird es anstrengend, kneift sie.«

»Das ist ganz allein ihre Entscheidung«, sagte Frau Winkler diplomatisch. »Die Idee mit dem Café habe ich übrigens immer noch im Hinterkopf. Momentan fehlt mir nur leider die Zeit, um nach passenden Räumlichkeiten zu suchen.«

»Sie sollten eine Hilfskraft einstellen«, schlug Marie vor. »Ich glaube, Sie könnten etwas Unterstützung gebrauchen.«

»Vielleicht hast du recht.« Franzis Mutter nickte nachdenklich. Plötzlich zuckte sie zusammen. »Verflixt! Der Apfelkuchen muss aus dem Ofen. Lasst euch die Muffins schmecken. Und vergiss nicht, dass wir heute Nachmittag noch einen Termin haben, Franzi.« Mit wehender Schürze rannte Frau Winkler aus dem Pferdeschuppen.

»Was hast du denn am Sonntagnachmittag für einen Termin?« Kim griff nach einem Blaubeer-Muffin und biss ein großes Stück ab.

Franzi verzog das Gesicht. »Erinnere mich bloß nicht daran! Meine Eltern haben leider total überreagiert, als ich ihnen erzählt habe, was gestern passiert ist. Sie haben doch tatsächlich darauf bestanden, die Polizei einzuschalten!«

»Kann ich irgendwie verstehen«, nuschelte Kim mit vollem Mund. »Ich hab vorhin auch einen riesigen Schreck bekommen.«

»Und was heißt das jetzt genau?« Marie trank einen Schluck Tee.

»Das heißt, dass ich heute Nachmittag einen Termin bei Kommissar Peters habe, um eine Zeugenaussage zu machen.« Franzi zog ärgerlich die Gummibänder fest, die ihre roten Zöpfe zusammenhielten. »Ist das nicht bescheuert? Wenn sich die Polizei einmischt, wird es viel schwieriger, auf eigene Faust zu ermitteln.«

»Ist doch klar, dass deine Eltern besorgt sind«, meinte Kim. »Wir müssen einfach versuchen, das Beste daraus zu machen.«

»Genau«, sagte Marie. »Vielleicht können wir dem Kommissar bei der Gelegenheit ja ein paar Informationen zu dem Fall entlocken.«

Kommissar Peters war ein alter Bekannter der drei !!!. Er schätzte ihre Fähigkeiten als Detektivinnen, neigte aber leider dazu, sie wie kleine Kinder zu behandeln. Ständig versuchte er, ihnen Vorschriften zu machen, oder ermahnte sie, sich nicht in Gefahr zu begeben. Dabei waren die Detektivinnen doch längst Profis!

»Heißt das, ihr kommt mit?«, fragte Franzi.

Kim nickte. »Natürlich! Was denkst du denn?«

»Ist doch Ehrensache, dass wir dich begleiten«, sagte Marie.

Franzi lächelte. Ein warmes Gefühl stieg in ihr auf – und das kam nicht vom Ingwertee. Es war einfach toll, Freundinnen zu haben, auf die man sich hundertprozentig verlassen konnte!

Franzi sagt aus

Am Sonntagnachmittag war im Polizeipräsidium kaum etwas los. Die Schritte der drei !!! hallten von den Wänden wider und durchbrachen die Stille.

»Müssen wir uns nicht irgendwo anmelden?«, fragte Frau Winkler nervös. »Wir können hier doch nicht einfach so reinspazieren.«

»Doch, das können wir«, sagte Franzi mit leicht genervtem Unterton. »Wir waren schließlich schon oft bei Kommissar Peters und kennen den Weg zu seinem Büro. Willst du nicht doch lieber im Auto warten, Mama?«

Frau Winkler schüttelte energisch den Kopf. Ein wenig Mehl rieselte aus ihrer nach dem morgendlichen Backeinsatz nicht mehr ganz ordentlichen Hochsteckfrisur. »Auf keinen Fall! Ich lasse dich in dieser Situation nicht allein. Du bist schließlich noch minderjährig.«

Franzi seufzte. Warum behandelten ihre Eltern sie immer wie ein Baby? Sie konnte ihre Zeugenaussage genauso gut alleine machen. Außerdem waren Kim und Marie ja bei ihr. Franzi hatte mit Engelszungen auf ihre Mutter eingeredet, aber sie hatte leider auf Granit gebissen.

»Da vorne ist es.« Marie marschierte zielsicher auf das Büro von Kommissar Peters zu und klopfte an.

»Herein!«, tönte es von drinnen.

Marie öffnete die Tür und die drei !!! und Frau Winkler betraten das Büro.

»Hallo«, sagte Franzi. »Da wären wir.«

Kommissar Peters erhob sich hinter seinem Schreibtisch und kam auf seine Besucherinnen zu. »Hallo, ihr drei.« Er schüttelte den Mädchen lächelnd die Hand. »Hätte ich mir ja denken können, dass der gesamte Detektivclub auftaucht.« Er wandte sich an Frau Winkler. »Schön, dass Sie es gleich heute einrichten konnten.«
»Es ist wirklich nett, dass Sie sich am Sonntag Zeit für uns nehmen«, sagte Franzis Mutter.
»Keine Ursache.« Der Kommissar winkte ab. »In meinem Beruf ist das Wort ›Wochenende‹ leider weitgehend unbekannt. Setzen Sie sich doch.«
Franzi, Kim und Marie ließen sich in der Besucherecke nieder. Frau Winkler setzte sich auf den letzten freien Stuhl.
»Ich habe keine ruhige Minute, bevor dieser Kerl gefasst ist.« Franzis Mutter schüttelte den Kopf. »Wie kann es sein, dass ein junges Mädchen auf offener Straße überfallen wird?«
»Mama!« Franzi verdrehte die Augen. »Du übertreibst.«
»Das finde ich nicht«, schaltete sich Kommissar Peters ein. Er zog seinen Schreibtischstuhl heran und nahm neben Frau Winkler Platz. »Wir nehmen den Vorfall sehr ernst. Zumal in letzter Zeit häufiger Radfahrer überfallen wurden.«
»Tatsächlich?«, fragte Kim interessiert.
»Dann handelt es sich also um einen Serientäter«, folgerte Marie.
Der Kommissar nickte. »Das könnte man so sagen.«
»Woher wissen Sie, dass es immer derselbe ist?«, hakte Franzi nach.
»Die Beschreibungen der Zeugen decken sich weitgehend.« Der Kommissar lehnte sich auf seinem Stuhl zurück. »Au-

ßerdem ähneln sich die Tathergänge.« Mehr verriet er leider nicht.
»Gibt es schon Verdächtige?«, fragte Kim.
»Nein. Bisher ist uns der Kerl immer durch die Lappen gegangen.« Peters wandte sich an Franzi. »Und jetzt erzähl mir bitte genau, was gestern geschehen ist. Lass dir Zeit. Jedes Detail kann wichtig sein.«
Franzi nickte. »Ich war auf dem Heimweg. Es war schon dunkel und ich hatte es eilig.«
Der Kommissar zückte sein Notizbuch. »Wie spät war es da ungefähr und wo bist du hergekommen?«
Franzi berichtete von der Küchenparty bei Jülichs, Maximes Kochkünsten und dem leckeren Menü.
Der Kommissar lächelte. »Klingt so, als wäre es ein richtig netter Nachmittag gewesen.«
»Das war es auch«, bestätigte Franzi. »Auf dem Heimweg hat mich auf der Landstraße ein Radfahrer überholt. Er war sehr schnell und hat im Vorbeifahren meinen Rucksack aus dem Fahrradkorb gerissen.«
»Befindet sich der Fahrradkorb vorne oder hinten?«, fragte Peters.
»Vorne.«
»Kannst du den Täter beschreiben?«
Franzi schloss kurz die Augen, um sich besser konzentrieren zu können. »Er war mittelgroß und trug dunkle Kleidung.«
»Was für Kleidung?«
Franzi zögerte. »Ich weiß nicht genau. Ich hab ihn nur kurz aus den Augenwinkeln gesehen. Ich würde sagen, er trug Jeans, Turnschuhe, einen Wollschal und eine Art Parka.«

»Kannst du dich an die Farben der Turnschuhe oder der Jacke erinnern? Oder an die Marken?«

Franzi schüttelte den Kopf. »Leider nicht.«

»Kein Problem.« Der Kommissar machte sich eine Notiz. »Was ist mit seinem Gesicht? Haarfarbe? Augenfarbe? Besondere Kennzeichen?«

Franzi seufzte. »Er hatte sich die Kapuze tief ins Gesicht gezogen. Und den Schal über Mund und Nase. Ich konnte wirklich nichts erkennen.«

Peters nickte. »Das deckt sich mit den anderen Zeugenaussagen.«

»Also war es derselbe Täter?«, fragte Kim.

»Sieht ganz so aus.« Der Kommissar klopfte mit seinem Kugelschreiber auf das Notizbuch. »Was ist passiert, nachdem der Täter dir deinen Rucksack gestohlen hat?«

Franzi berichtete von der kurzen Verfolgungsjagd, dem roten Motorrad und der überstürzten Flucht des Diebes, bei der er ihren Rucksack zurückgelassen hatte.

Kommissar Peters runzelte die Stirn. »Ein rotes Motorrad, sagst du?«

Franzi nickte. »Das muss dieser Rote Rächer gewesen sein, über den in der Zeitung berichtet wurde.«

Peters Gesichtsausdruck verdüsterte sich. »Dieser Kerl pfuscht uns in letzter Zeit ständig ins Handwerk. Und die Presse feiert ihn wie einen Helden.« Er seufzte, bevor er sich wieder an Franzi wandte. »Denk jetzt bitte ganz genau nach. Fällt dir noch irgendetwas ein, das uns weiterhelfen könnte? Ein ungewöhnliches Detail vielleicht, das den Täter identifizieren kann?«

Franzi überlegte. »Sein Fahrrad war sehr schnell«, sagte sie schließlich. »Ein Mountainbike mit grobstolligen Reifen und mindestens 27 Gängen.«

»Gut.« Peters schrieb eifrig mit. »Sonst noch was?«

Franzi ließ die Szene noch einmal vor ihrem inneren Auge ablaufen. Die Gestalt, die plötzlich lautlos neben ihr auftauchte wie ein Schatten. Der Arm, der zur Seite schnellte. Die Hand, die nach ihrem Rucksack griff … Franzi runzelte die Stirn. Moment mal … Die Hand! In den Tiefen ihres Gedächtnisses regte sich etwas. Langsam stieg eine Erinnerung an die Oberfläche.

»Er hat ein Tattoo!«, rief Franzi aufgeregt. »Das ist mir gerade erst wieder eingefallen. Wieso hab ich nicht eher daran gedacht?«

»Sehr gut!« Ein zufriedenes Lächeln huschte über das Gesicht des Kommissars. »Mach dir keine Vorwürfe, wir nehmen viele Dinge oft nur unterbewusst wahr. Sonst wäre unser Gedächtnis irgendwann komplett überfordert. Wie sah das Tattoo aus?«

Franzi konzentrierte sich noch einmal mit aller Kraft. »Es war nicht besonders groß. Ein kleines Tattoo auf dem rechten Handrücken, ziemlich nah am Daumen. Ich hab's nur ganz kurz gesehen, als sich der Kerl meinen Rucksack geschnappt hat. Es hatte mehrere Zacken und innen einen Kreis …«

»Könntest du es aufmalen?« Kommissar Peters riss eine Seite aus seinem Notizbuch und hielt sie Franzi hin.

»Ich kann es ja mal versuchen«, sagte Franzi unsicher. »Leider bin ich im Zeichnen eine ziemliche Niete.«

»Du schaffst das schon, mein Schatz.« Frau Winkler drückte Franzis Arm. »Du machst das wirklich toll.«
Auch wenn Franzi es sich nur ungern eingestand, war sie jetzt doch ganz froh, dass ihre Mutter mitgekommen war. Die Zeugenaussage setzte ihr mehr zu, als sie erwartet hatte. Ihr schwirrte der Kopf von den vielen Fragen und es war nicht gerade angenehm, sich die Einzelheiten des Überfalls noch einmal so genau in Erinnerung zu rufen.
Franzi nahm den Kugelschreiber und zögerte. Erst als Kim und Marie ihr aufmunternd zunickten, zeichnete sie beherzt drauflos. Einen Kreis, von dem strahlenförmig vier spitze Dreiecke abgingen. Die anderen sahen gebannt zu.
»Ein Kompass!«, rief Kim in die Stille hinein. »Das ist ein Kompass.«
Franzi betrachtete skeptisch ihre Zeichnung. »Meinst du?«
Kim nickte. »Ganz sicher.«
»Möglich wäre es.« Auch Kommissar Peters musterte aufmerksam die Skizze. »Ein Kompass ist ein recht gängiges Motiv bei Tätowierungen. Wir werden das überprüfen.«
Wie aufs Stichwort öffnete sich die Tür und eine junge Frau betrat das Büro. »Guten Tag«, begrüßte sie die Anwesenden. »Hier kommt eine kleine Erfrischung.« Sie trug ein Tablett mit mehreren Gläsern und Tassen, einer großen Flasche Orangensaft und einer silbernen Warmhaltekanne.
»Das ist Birte Anders«, stellte Kommissar Peters die Frau vor. »Meine neue Assistentin. Sie kommt frisch von der Polizeiakademie und absolviert hier gerade ein dreimonatiges Praktikum.«
»Möchtet ihr etwas trinken?«, fragte Birte Anders.

»Das wäre toll«, sagte Franzi dankbar. Erst jetzt merkte sie, wie trocken ihre Kehle war.
Die Polizeianwärterin goss Orangensaft in drei Gläser und verteilte sie auf dem Tisch. Frau Winkler und Kommissar Peters bekamen Kaffee.
»Ich habe eine interessante Aufgabe für Sie«, sagte der Kommissar. Er reichte seiner Assistentin Franzis Zeichnung. »Finden Sie bitte heraus, welche Tattoostudios in der Stadt dieses Kompass-Motiv anbieten. Das könnte eine wichtige Spur zum Täter der Fahrrad-Überfälle sein.«
»Klar, mach ich.« Birte Anders griff nach der Skizze und steckte sie ein. »Übrigens sollen Sie kurz zum Chef kommen. Er möchte etwas mit Ihnen besprechen.«
Kommissar Peters erhob sich seufzend. »Entschuldigt mich bitte einen Moment, ich bin gleich wieder da.«
Mit zwei langen Schritten verließ er das Büro. Die drei !!! und Frau Winkler blieben mit Birte Anders zurück.
Franzi trank einen großen Schluck Orangensaft. »Sind Sie schon lange bei der Polizei?«
Birte Anders schüttelte den Kopf. »Ich bin noch in der Ausbildung. Ich gehe auf die Polizeiakademie und befinde mich gerade im zweiten Studienjahr.«
»Cool«, sagte Kim. »So ein Studium auf der Polizeiakademie ist bestimmt spannend, oder?«
Die junge Frau nickte. »Allerdings müssen wir auch viel langweilige Theorie lernen. Ich persönlich finde die Praktika am besten. Da erfährt man etwas über echte Polizeiarbeit.«
»Ist das Ihr erstes Praktikum?«, erkundigte sich Frau Winkler.

»Nein, mein zweites.« Birte Anders ging zu ihrem Schreibtisch, der etwas eingequetscht zwischen zwei Regalen stand, holte ihren Becher und goss sich ebenfalls Kaffee ein. »Das erste Praktikum habe ich zu Beginn des Studienjahres im Einsatz- und Streifendienst absolviert.«

»Sind Sie so richtig im Streifenwagen mitgefahren?«, fragte Marie. »Da erlebt man bestimmt die verrücktesten Sachen, oder?«

»Das kannst du laut sagen.« Birte Anders trank einen Schluck Kaffee. »Von Ehestreitigkeiten über Ladendiebstahl und diverse Autounfälle bis zu einem Tankstellenüberfall war alles dabei.« Sie lachte. »Eins ist der Job bei der Polizei mit Sicherheit nicht: langweilig!« Sie fuhr sich durch ihre kurzen blonden Haare.

Franzi betrachtete die zierliche Frau. Sie war zwar nicht besonders groß, wirkte aber drahtig und durchtrainiert. Bestimmt gehörte zur Polizeiausbildung auch ein umfangreiches Fitnessprogramm. Franzi konnte sich gut vorstellen, wie sie sich Ladendieben oder Randalierern gegenüberstellte. Bestimmt würde sie nach ihrer Ausbildung eine tolle Polizistin werden.

»Und jetzt arbeiten Sie gerade mit Kommissar Peters zusammen?«, fragte Kim.

Birte Anders nickte. »Ich darf den Kommissar bei seinen Ermittlungen unterstützen. Das macht unglaublich viel Spaß und ich lerne jeden Tag etwas Neues.«

»Dabei bekommen Sie doch sicher eine Menge mit, oder?«, sagte Kim langsam. »Zum Beispiel über den aktuellen Fall.«

»Du meinst den Handtaschenräuber?«, fragte Birte. »So nennen wir ihn hier intern. Aber sagt das bitte nicht weiter. Die Presse würde diese Bezeichnung begeistert aufgreifen.«

»Keine Sorge, wir können schweigen«, versicherte Franzi, die Kims Absicht sofort durchschaut hatte. Sie versuchte, die junge Polizeianwärterin auszuhorchen. Birte Anders schien tatsächlich gerade in Plauderstimmung zu sein. Hoffentlich war die Unterredung des Kommissars mit seinem Chef noch nicht so bald zu Ende …

»Dieser Kerl ist wirklich dreist«, fuhr Birte Anders fort. »Er hat überhaupt keine Skrupel und entwischt uns immer wieder. Eigentlich müssten abends viel mehr Streifenwagen durch die Straßen fahren, bis uns der Typ ins Netz gegangen ist. Aber dafür ist leider nicht genug Personal da.« Ein Schatten huschte über ihr Gesicht, doch kurz darauf lächelte sie schon wieder. »Noch etwas Orangensaft?«

»Gerne.« Marie nickte. »Gibt es denn gar keine Anhaltspunkte?«

»Nichts, was uns wirklich weiterhilft.« Birte Anders' Gesichtsausdruck wurde hart. »Der Täter hat es hauptsächlich auf ältere Damen abgesehen. Vermutlich, weil sie ihm nicht so schnell folgen können. Bei dir hat er offenbar eine Ausnahme gemacht.« Sie seufzte. »Eine Frau ist seinetwegen sogar gestürzt und hat sich das Handgelenk verstaucht. Die arme Frau Michalik war völlig aufgelöst, als sie ihre Aussage gemacht hat.« Sie ballte die Fäuste. »Dieser Kerl muss so schnell wie möglich gefasst werden!«

Franzi prägte sich den Namen Michalik ein. Diese Frau war eine wichtige Zeugin. Sie mussten sie unbedingt ausfindig machen und befragen.

»Das sehe ich genauso.« Frau Winkler nickte zustimmend. »Aber wenn hier alle mit so viel Leidenschaft bei der Sache sind wie Sie, wird es sicher nicht mehr lange dauern.«
»Vielen Dank für das Kompliment.« Birte Anders lächelte geschmeichelt. »Mithilfe der neuen Informationen, die uns Ihre Tochter heute geliefert hat, haben wir vielleicht endlich eine Chance.« Sie trank ihren Kaffee aus und stellte den Becher zurück auf den Schreibtisch. »Jetzt muss ich mich wieder an die Arbeit machen. Auf Wiedersehen!«
In der Tür stieß die Polizeianwärterin fast mit Kommissar Peters zusammen, der gerade zurückkam. Sein düsterer Gesichtsausdruck verhieß nichts Gutes.
»Gab es Stress?«, erkundigte sich Birte Anders vorsichtig.
Der Kommissar fuhr sich mit der Hand über das Gesicht. Seine Bartstoppeln knisterten, offenbar hatte er sich länger nicht mehr rasiert. »Der Chef macht Druck. Die Presse sitzt ihm wegen dieses Motorradfahrers im Nacken. Der Kerl macht uns vollkommen lächerlich. Seinetwegen wirkt die Polizei wie ein Haufen unfähiger Idioten. Und die Zeitungsfritzen stilisieren ihn auch noch zum Helden in schimmernder Rüstung. Wird Zeit, dass wir die Identität dieses Möchtegern-Rächers lüften.«
»Aber es ist doch nicht verkehrt, dass der Rote Rächer versucht, Verbrechern das Handwerk zu legen«, wandte Franzi ein.
»Das ist einzig und allein Sache der Polizei«, stellte Kommissar Peters klar. »Dieser Kerl hat sich nicht in unsere Arbeit einzumischen. Dasselbe gilt übrigens auch für euch: Ich möchte nicht, dass ihr auf eigene Faust ermittelt.«

»Da bin ich ganz Ihrer Meinung«, sagte Frau Winkler. »Das wäre viel zu gefährlich.«
»Haben wir uns verstanden?«, fragte der Kommissar streng.
Franzi nickte. »Natürlich.«
»Selbstverständlich«, sagte Kim.
»Wir sind schließlich weder taub noch schwerhörig«, fügte Marie mit sanfter Stimme hinzu.
Der Kommissar sah die Detektivinnen noch einen Moment scharf an. Als er sich abwandte, wechselten die drei !!! einen vielsagenden Blick. Sie brauchten keine Worte, um sich zu verständigen. Franzi wusste, dass ihre Freundinnen dasselbe dachten wie sie: So leicht würden sie sich diesen Fall nicht aus der Hand nehmen lassen!

Zeugenbefragung im Schillerpark

Detektivtagebuch von Kim Jülich
Dienstag, 7:01 Uhr
Unser neuer Fall hat es in sich. Dieses Mal ist eine von uns das Opfer, dadurch werden die Ermittlungen viel persönlicher. Arme Franzi! Sie hat mir vorgestern auf dem Polizeirevier richtig leidgetan. Die Zeugenaussage hat sie ganz schön mitgenommen. Gut, dass Frau Winkler, Marie und ich dabei waren und sie unterstützt haben. Franzis Mutter musste nach dem Termin gleich wieder los, sie hatte eine wichtige Kuchenlieferung. Franzi, Marie und ich haben schnell noch das weitere Vorgehen besprochen. Natürlich werden wir weiter ermitteln – ob das dem Kommissar nun passt oder nicht. Hier geht es um unsere Ehre als Detektivinnen. Niemand legt sich ungestraft mit den drei !!! an!
Von Kommissar Peters' neuer Praktikantin Birte Anders, die übrigens einen sehr netten und engagierten Eindruck macht, haben wir erfahren, dass es noch mehr Opfer gibt. Eine Frau, die ebenfalls überfallen wurde, heißt Michalik. Wir wollen sie so schnell wie möglich befragen.
Ich habe gestern eine Internetrecherche durchgeführt und fünf Michaliks in der Stadt gefunden. Zwei davon sind Männer, die anderen drei habe ich nacheinander angerufen und sie direkt auf den Überfall angesprochen. Die ersten beiden Frauen wussten überhaupt nicht, wovon ich rede. Eine war außerdem viel zu jung. Aber die letzte Frau war tatsächlich die Richtige. Sie klang sehr freundlich und will sich heute Nachmittag mit uns

im Schillerpark treffen. Dort führt sie immer ihren Hund aus. Ich bin gespannt, was sie uns zu erzählen hat!
Was für ein Fall! Dieses Mal müssen wir gleich zwei Unbekannte aufspüren: den Roten Rächer und den Handtaschenräuber. Eine echte Herausforderung …

Geheimes Tagebuch von Kim Jülich
Dienstag, 7:16 Uhr
Achtung! Lesen für Unbefugte (alle außer Kim Jülich) verboten! Wer sich nicht daran hält, dem hetze ich die Randalierenden Rächer auf den Hals. Im wahren Leben heißen sie Ben und Lukas und werden dich innerhalb kürzester Zeit zu Tode nerven. Garantiert!
Michi, Michi, Michi, wann sehen wir uns endlich wieder? Ist die Küchenparty wirklich erst zwei Tage her? Es kommt mir eher wie zwei Wochen vor. Ich vermisse dich, Michi!
Am liebsten würde ich sofort zu ihm fahren und mich in seine Arme kuscheln. Aber das geht nicht. Er muss lernen. Bald beginnen seine Abschlussprüfungen und Michi will unbedingt gut abschneiden. Das verstehe ich ja auch. Ich finde es prima, dass er ehrgeizig ist und seine Ziele klar vor Augen hat. Er hat sich einen Lernplan aufgestellt, an den er sich konsequent hält. Wirklich bewundernswert. Aber es fällt mir furchtbar schwer, so lange von ihm getrennt zu sein. Dass er am Sonntag zur Küchenparty gekommen ist, war die absolute Ausnahme. Ich weiß nicht einmal, wann wir uns das nächste Mal sehen.
Lange halte ich das nicht mehr aus. Ich mache drei Kreuze, wenn diese blöden Prüfungen endlich vorbei sind!

Als die drei !!! nachmittags um kurz vor drei am Schillerpark eintrafen, kam gerade die Sonne hinter den dicken grauen Wolken hervor, die schon seit Tagen über der Stadt hingen.
»Herrlich!« Franzi hielt ihr Gesicht in die Strahlen der Herbstsonne, die zwar kaum wärmten, aber angenehm auf der Haut kitzelten. »Endlich mal wieder Sonnenschein.«
Die Detektivinnen stellten ihre Fahrräder ab und postierten sich am Eingangstor, wo sie sich mit Frau Michalik treffen wollten. Kim hatte Pablo dabei, der ungeduldig an der Leine zerrte.
»Sitz, Pablo!«, sagte Kim streng. Sie musste den Befehl zweimal wiederholen, bevor der Hund endlich gehorchte. Kim seufzte. »Unglaublich, dass die Zwillinge schon wieder zum Fußballtraining gefahren sind, ohne vorher mit dem Hund rauszugehen.«
»Kann dein Vater nicht mit Pablo Gassi gehen?«, fragte Marie.
Kim schüttelte den Kopf. »Er bastelt mal wieder an einer neuen Kuckucksuhr. Und Mama musste zu einer wichtigen Konferenz in die Schule. Immer hab ich Pablo am Hals, das ist echt ungerecht!«
»Ach was, er stört doch überhaupt nicht.« Franzi ging in die Hocke und streichelte den Hund, der jetzt brav neben Kim saß und aussah, als könnte er kein Wässerchen trüben. Pablo quittierte die Zuwendung mit einem dankbaren Schwanzwedeln.
»Ist sie das?« Marie nickte zu einer Passantin hinüber, die mit einem kleinen Hund an der Leine näher kam. Sie war ungefähr Mitte sechzig, hatte kurze graue Haare und trug sportliche Jeans und feste Schuhe.

»Gut möglich.« Franzi erhob sich und ging auf die Frau zu. »Entschuldigen Sie bitte, sind Sie Frau Michalik?«
Die Dame nickte. »Haben wir telefoniert?«
»Ich hab Sie angerufen.« Kim streckte die Hand aus. »Kim Jülich.«
»Hildegard Michalik.« Die Frau erwiderte Kims Händedruck. »Und das ist Fiffi.« Sie zeigte auf ihren Hund, einen kleinen Terrier mit weißem Fell und spitzen Ohren, der gerade auf Pablo zutrippelte. Pablo sprang auf und die Hunde beschnupperten sich ausgiebig.
»Die beiden scheinen sich zu mögen«, stellte Franzi fest.
»Fiffi freut sich immer über Gesellschaft.« Frau Michalik betrachtete schmunzelnd die Hunde. »Wir gehen jeden Tag hier im Schillerpark spazieren und diese lästige Verletzung wird mich nicht davon abhalten.«
Erst jetzt bemerkte Franzi, dass der linke Arm von Frau Michalik in einer Schlinge lag. Ihre dunkelblaue Daunenjacke hing nur locker über der Schulter, der Ärmel war leer.
»Soll ich Ihnen den Hund abnehmen?«, fragte Franzi.
»Danke, es geht schon.« Frau Michalik lächelte. »Lasst uns zur Hundewiese gehen, da können wir die beiden laufen lassen.«
Die Parkwege waren noch nass vom letzten Schauer und überall hatten sich große Pfützen gebildet. Im Gras schimmerten die Regentropfen im Sonnenschein wie vom Himmel gefallene Diamanten.
»Zieh doch nicht so, Pablo!«, schimpfte Kim. Sie hatte Mühe, den Hund zu halten, der wie verrückt an der Leine zerrte.

»Er ist noch sehr verspielt, oder?«, fragte Frau Michalik. Fiffi trippelte brav neben ihr her und ließ sich nicht im Geringsten von Pablos schlechtem Benehmen beeindrucken.
»So kann man es auch sagen.« Kim schnaubte. »Der Hund gehört meinen jüngeren Brüdern und die beiden haben seine Erziehung leider etwas vernachlässigt.« Als wollte er Kims Worte bestätigen, nahm Pablo Anlauf und sprang in eine große Pfütze. Das braune Wasser spritzte nach allen Seiten. Nach wenigen Sekunden war er völlig verdreckt. »Na toll!« Kim seufzte. »Papa bringt mich um, wenn ich Pablo so ins Haus lasse.«
Hinter einem kleinen Tannenwäldchen tauchte die Hundewiese auf. Frau Michalik löste die Leine von Fiffis Halsband. »Lauf, meine Süße!«
Auch Kim ließ Pablo von der Leine. Pablo brauchte keine extra Aufforderung, er sauste sofort wild bellend los. Fiffi folgte ihm, hatte aber mit ihren kurzen Beinen Mühe mitzuhalten. Die Hunde rannten kreuz und quer über die Wiese, schlugen Haken, wälzten sich im Gras und spielten Fangen.
»Die sind erst mal beschäftigt«, stellte Franzi grinsend fest.
Frau Michalik nickte. »Schön, dass Fiffi jemanden zum Spielen hat.«
»Danke, dass Sie sich mit uns treffen«, begann Marie und kam damit zum eigentlichen Thema. »Wir würden gerne mit Ihnen über den Überfall sprechen.«
»Habe ich richtig verstanden, dass ihr Detektivinnen seid?«, fragte Frau Michalik.
Kim nickte. »Wir haben schon eine Menge Fälle erfolgreich

gelöst.« Sie überreichte der Zeugin die Visitenkarte des Clubs.

Die drei !!!
Detektivinnen
Kim Jülich
Franziska Winkler
Marie Grevenbroich
Wir lösen jeden Fall!
Kontakt: siehe Rückseite

»Wie beeindruckend.« Frau Michalik überflog die Karte. »Und ihr glaubt, ihr könnt diesen Kriminellen, der mich überfallen hat, tatsächlich schnappen? Die Polizei scheint ja noch keine heiße Spur zu haben.«
Marie lächelte. »Es wäre nicht das erste Mal, dass wir der Polizei einen Schritt voraus sind. Unsere Ermittlungsmethoden sind sehr effektiv.«
»Das klingt ziemlich professionell.« Frau Michalik steckte die Visitenkarte in die Tasche ihrer Daunenjacke. »Dann schießt mal los. Ich werde euch Rede und Antwort stehen.«
»Können Sie uns erzählen, wie der Überfall genau abgelaufen ist?«, fragte Franzi.
Frau Michalik nickte. »Natürlich. Es war letzten Mittwoch. Ich war gerade auf dem Weg zu meinem Pilateskurs. Dort gehe ich jede Woche hin, das tut unglaublich gut. Na ja, jedenfalls war es so ungefähr zwanzig nach sieben. Es war schon dunkel. Kurz hinter der Fahrradunterführung beim

Bahnhof hat mich ein Radfahrer überholt. Er wollte meine Handtasche aus dem Fahrradkorb klauen, aber ich habe den Ledergurt im letzten Moment erwischt und festgehalten.« Sie seufzte. »Das hätte ich besser nicht tun sollen.«
»Wieso nicht?«, fragte Kim. »Das war doch eine blitzschnelle Reaktion von Ihnen.«
»Ja, aber der Dieb hat leider nicht losgelassen«, erwiderte Frau Michalik. »Er hat mir die Tasche aus der Hand gerissen, ich hab das Gleichgewicht verloren und bin mit dem Fahrrad gestürzt. Dabei hab ich mir das Handgelenk verletzt.«
»Und der Täter ist einfach abgehauen, ohne Ihnen zu helfen?«, fragte Marie empört.
Frau Michalik nickte. »Der Kerl ist davongedüst, als wäre der Teufel hinter ihm her. Ich glaube, er hatte Angst vor dem Motorrad.«
»Was für ein Motorrad?«, fragte Franzi.
»Da war ein rotes Motorrad.« Frau Michalik sah zu den Hunden hinüber, die immer noch fröhlich über die Wiese tollten. »Es tauchte kurz nach dem Überfall auf. Keine Ahnung, wo es plötzlich herkam.«
»Wie sah der Fahrer aus?«, erkundigte sich Kim.
Frau Michalik dachte nach. »Er trug einen dunklen Helm, der vorne irgendwie verspiegelt war, sodass man sein Gesicht nicht sehen konnte, und rote Lederkleidung.«
»Was hat er gemacht?«, wollte Franzi wissen.
»Er ist abgestiegen und hat mir beim Aufstehen geholfen«, erzählte Frau Michalik. »Nachdem er sich davon überzeugt hatte, dass ich zurechtkomme, ist er wieder auf seine Maschi-

ne gesprungen und davongefahren. Ich glaube, er wollte den Dieb verfolgen, aber der war natürlich längst über alle Berge – mit meiner Handtasche!«

Franzi hatte gespannt zugehört. »Hat der Motorradfahrer etwas zu Ihnen gesagt?«

Frau Michalik schüttelte den Kopf. »Keinen Ton. Ich habe ihn gefragt, wie er heißt, und mich für die Hilfe bedankt. Aber er hat nur schweigend genickt.«

»Merkwürdig …« Marie strich sich eine blonde Haarsträhne hinter das Ohr. »Das muss der Rote Rächer gewesen sein.«

»Ja, ich habe in der Zeitung darüber gelesen«, sagte Frau Michalik. »Wenn ihr mich fragt, ist dieser Mann wirklich ein Held. Er kämpft gegen das Verbrechen und ist oft schneller als die Polizei.«

»Haben Sie zufällig das Nummernschild des Motorrads lesen können?«, fragte Kim.

»Nein, leider nicht«, antwortete Frau Michalik bedauernd. »Aber ich hab ein Foto gemacht.«

»Was?«, stieß Franzi verblüfft hervor. »Sie haben den Roten Rächer *fotografiert?*«

»Ja, mit meinem Handy.« Frau Michalik zog ihr Smartphone aus der Jackentasche und tippte darauf herum. »Ich habe es von meinen Kindern zum Geburtstag bekommen. Chic, oder? Leider konnte ich anfangs überhaupt nicht damit umgehen, darum habe ich einen Seniorenkurs bei der Volkshochschule belegt: ›Smartphone für Einsteiger‹. Dort habe ich eine Menge gelernt.« Tatsächlich war sie sehr geschickt im Umgang mit ihrem Handy. Im Nu hatte sie das richtige Foto aufgerufen und zeigte es stolz den drei !!!. »Ich hab einfach ganz automatisch gehandelt, es war wie ein Reflex. Als das Motorrad losgedüst ist, hab ich mein Handy gezückt und ein Bild geschossen.«

»Unglaublich!« Franzi betrachtete das Foto. Es war etwas verwackelt und ziemlich dunkel, trotzdem konnte man eindeutig ein rotes Motorrad samt Fahrer darauf erkennen. Es war mit an Sicherheit grenzender Wahrscheinlichkeit dieselbe Maschine, die Franzi am Samstagabend auf der Landstraße gesehen hatte. Leider konnte man das Nummernschild nicht lesen.

»Ein Foto vom Roten Rächer!« Auch Marie war beeindruckt. »Wenn Sie das an die Presse verkaufen, können Sie garantiert eine Stange Geld verdienen.«

Frau Michalik schnaubte verächtlich. »Daran habe ich kein Interesse. Aber wenn ihr diesen Roten Rächer findet, sagt mir bitte Bescheid. Ich würde mich gerne noch einmal richtig bei ihm bedanken.«

»Das machen wir«, versicherte Franzi. »Könnten Sie mir das Foto vielleicht auf mein Handy schicken? Das wäre eine große Hilfe für die weiteren Ermittlungen. Meine Nummer steht auf der Rückseite der Visitenkarte.«

»Das mache ich gerne«, antwortete Frau Michalik gut gelaunt.

Die Sonne hatte sich wieder hinter den Wolken versteckt, die sich dunkel und schwer über dem Park zusammenzogen. Ein frischer Wind kam auf und Kim fröstelte.

»Wir sollten uns auf den Heimweg machen«, schlug sie mit einem Blick gen Himmel vor. »Ich glaube, der nächste Schauer lässt nicht mehr lange auf sich warten.«

»Du hast recht.« Frau Michalik pfiff nach Fiffi. Der Hund kam sofort und ließ sich brav anleinen. »Wir werden auch nach Hause gehen, was, Fiffi? Jetzt haben wir uns eine schöne Tasse Tee verdient. Und du bekommst ein Leckerli.« Fiffi fiepte begeistert.

»Eine Frage noch«, sagte Franzi. »Können Sie den Mann, der Sie überfallen hat, beschreiben?«

»Er trug dunkle Kleidung und eine Kapuze, darum konnte ich ihn nicht richtig sehen«, antwortete Frau Michalik.

»Verstehe.« Franzi hatte eigentlich nichts anderes erwartet. »Wissen Sie zufällig, ob er ein Tattoo an der rechten Hand hatte?«

Frau Michalik überlegte kurz, dann schüttelte sie den Kopf. »Ist mir nicht aufgefallen. Aber das muss nichts heißen. Es ging ja alles so schnell …«

Kim rief nach Pablo, der aber offenbar noch keine Lust hatte, den Ausflug in den Park zu beenden. Er ignorierte Kims Rufe und schnüffelte seelenruhig an einer Fichte. Seufzend zog Kim ein paar Hundekuchen aus der Jackentasche. »Dieser ungezogene Hund«, schimpfte sie. »Eigentlich hat er es ja nicht verdient, aber wenn ich ihn nicht mit etwas Leckerem anlocke, stehen wir heute Abend noch hier.« Sie streckte die Hand aus und rief: »Komm, Pablo, Fresschen!«

Pablos Nasenspitze zuckte und er rannte sofort los, direkt auf Kim zu. Schwanzwedelnd sprang er an ihr hoch und ließ sich mit Hundekuchen füttern. Während er genüsslich kaute, legte Kim ihm blitzschnell die Leine an.

»Das hätten wir«, sagte sie zufrieden.

»Dann nichts wie los.« Marie zog die Schultern hoch. »Wird Zeit, dass wir ins Warme kommen.«
Die drei !!! begleiteten Frau Michalik und Fiffi zum Ausgang des Parks und sagten Auf Wiedersehen.
»Viel Glück bei euren Ermittlungen«, wünschte Frau Michalik.
»Danke.« Franzi streichelte Fiffi zum Abschied. »Wir melden uns, wenn der Fall gelöst ist.«
Während Frau Michalik mit ihrem Hund davonging, fegte ein kräftiger Windstoß über die Straße und wirbelte die welken Blätter auf.
»Ich fahre jetzt nach Hause und nehme ein heißes Entspannungsbad.« Marie zückte ihren Fahrradschlüssel.
Kim zog eine Grimasse. »Ich muss leider noch Hausaufgaben machen.«
»Und ich hab Mama versprochen, ihr beim Plätzchenbacken zu helfen«, sagte Franzi. »Sie muss heute Abend zehn Dosen Plätzchen an ein Altersheim liefern.«
»Sollen wir uns morgen bei mir treffen?«, fragte Kim. »Dann können wir auswerten, was wir bisher herausgefunden haben, und das weitere Vorgehen besprechen. Um drei?«
»Gute Idee.« Franzi nickte. »Also, bis morgen!«
Die ersten Regentropfen fielen vom Himmel, als sich die Detektivinnen auf ihre Räder schwangen und eilig in unterschiedliche Richtungen davonradelten.

Auf gute Nachbarschaft

Als Franzi am nächsten Nachmittag zu Kim radelte, war es immer noch windig, aber zumindest trocken. Die Wolken jagten über den Novemberhimmel und der Wind riss die letzten Blätter von den Bäumen. Franzi musste ordentlich in die Pedale treten, um voranzukommen. Fünf Minuten nach drei bog sie in Kims Straße ein. Sie bremste vor dem Reihenhaus von Familie Jülich und stellte ihr Fahrrad ab. Im Vorgarten tobten die Zwillinge mit Pablo herum. Ben und Lukas kickten ihren Fußball hin und her, während Pablo abwechselnd den Fußball und das raschelnde Herbstlaub jagte.

»Hallo, ihr drei!«, rief Franzi. »Was ist denn dort drüben los?« Sie nickte zum Nachbarhaus hinüber, vor dem ein großer Lastwagen parkte und den gesamten Bürgersteig blockierte.

»Da zieht ein neuer Nachbar ein«, antwortete Ben, während er den Ball zwischen zwei Büschen hindurchdribbelte und zu Lukas schoss.

»Die räumen schon die ganze Zeit Möbel und Kisten aus dem Laster«, fügte Lukas hinzu. »Total viel Zeug.«

Tatsächlich pendelten mehrere Möbelpacker zwischen Lkw und Nachbarhaus hin und her und brachten Umzugskartons, Lampen und Sessel hinein. Franzi schlüpfte durchs Gartentor, ging zum Haus und klingelte. Kurze Zeit später öffnete Kim die Tür.

»Hallo!« Kim begrüßte Franzi mit einem Lächeln. »Du bist die Erste.«

Franzi seufzte. »Das ist ja nichts Neues. Marie ist bestimmt noch bei der Gesangsstunde oder beim Yoga.«

»Oder ihre Theater-AG hat kurzfristig eine zusätzliche Probe angesetzt«, ergänzte Kim grinsend.

Marie hatte eine Menge Hobbys, die sie neben dem Detektivclub betrieb. Sie wollte später Sängerin oder Schauspielerin werden, so wie ihr Vater, der bekannte Schauspieler Helmut Grevenbroich. Deshalb nahm sie schon seit Jahren regelmäßig Gesangs- und Schauspielunterricht. Außerdem machte sie Yoga, Aerobic und ging dreimal die Woche joggen. Franzi hatte keine Ahnung, wie Marie es schaffte, bei den vielen Terminen den Überblick zu behalten, aber irgendwie bekam sie alles unter einen Hut. Der Preis war allerdings, dass sie oft zu spät kam, was Franzi immer wieder zur Weißglut brachte.

»Hallo, Franzi!« Herr Jülich tauchte hinter Kim auf. Er hielt einen großen Laib Brot in der einen Hand und ein Päckchen Salz in der anderen.

»Was willst du denn damit?«, fragte Kim.

»Das ist für den neuen Nachbarn«, erklärte ihr Vater. »Wenn jemand umzieht, schenkt man ihm Salz und Brot.«

»Ehrlich?« Franzi zog eine Augenbraue hoch. »Das hab ich noch nie gehört.«

»Es ist ein alter Brauch und soll angeblich Glück bringen.« Herr Jülich ging über den Gartenweg und öffnete das kleine Tor. Plötzlich raste Pablo auf ihn zu und sprang fröhlich bellend an ihm hoch. »Platz, Pablo! Aus!«, rief Herr Jülich. »Wisch deine Pfoten gefälligst nicht an meiner Hose ab. Es reicht völlig, dass du mir vorhin den frisch geputzten Flur wieder schmutzig gemacht hast.«

Pablo schien sich nicht sonderlich für Herrn Jülichs Standpauke zu interessieren. Er schnupperte kurz an dem Laib Brot, dann entwischte er durch die geöffnete Gartenpforte auf den Bürgersteig.
»Komm sofort zurück, Pablo!«, rief Ben, doch Pablo dachte gar nicht daran. Er hatte die Möbelpacker entdeckt und lief schwanzwedelnd auf sie zu.
»Pablo, sitz!«, brüllte Lukas.
Aber der Hund hatte andere Pläne. Er schien das Hin und Her der Möbelpacker für ein lustiges Spiel zu halten und wollte mitmachen. Begeistert sprang er an einem der Männer hoch und versuchte, ihm über das Gesicht zu lecken.
»He, was soll das?«, schimpfte der Möbelpacker. »Lass mich in Ruhe, du blöder Köter!« Er stolperte. Die Kiste, die er gerade aus dem Lkw geholt hatte, rutschte ihm aus den Händen und landete auf dem Boden. Es schepperte Unheil verkündend.
Ein Mann erschien in der Tür des Nachbarhauses. Er war vielleicht Anfang sechzig, hatte eine Halbglatze, einen grauen Schnauzbart und kleine Augen, die er ärgerlich zusammenkniff. »Was ist das für ein Lärm?«, rief er mit schneidender Stimme. »Ist etwas passiert?«
»Der Hund ist schuld.« Der Möbelpacker deutete anklagend auf Pablo. »Er hat mich angesprungen und deshalb ist mir die Kiste runtergefallen.«
»Das gibt's doch nicht!« Der Mann, offenbar Jülichs neuer Nachbar, stützte die Hände in die Hüften und marschierte auf Pablo zu. »Wem gehört dieses Tier?«
»Uns!«, rief Lukas. Er drängte sich an Herrn Jülich vorbei

durch das Gartentor und baute sich schützend neben Pablo auf.
Ben folgte ihm. »Pablo hat nichts Schlimmes gemacht. Er wollte nur ein bisschen mit dem Möbelpacker spielen«, erklärte er.
»Hier wird gearbeitet und nicht gespielt.« Der neue Nachbar öffnete die Kiste auf dem Boden und stöhnte. »Oh nein! Meine antike Art-déco-Lampe!« Er zog eine gläserne Deckenlampe heraus. Sie war wie eine Blume geformt, mit sechs kunstvoll geschliffenen Blütenblättern aus Glas. Ein Blütenblatt war abgebrochen.
»Das tut mir wirklich sehr leid.« Herr Jülich stellte sich neben seine Söhne. »Mein Name ist Jülich. Ich wohne mit meiner Familie nebenan. Wir werden den Schaden natürlich ersetzen, das übernimmt unsere Haftpflicht. Und ihr entschuldigt euch jetzt bei Herrn …« Er sah den neuen Nachbarn fragend an.
»Poschke«, antwortete der Mann, der immer noch unglücklich seine kaputte Lampe betrachtete.
»Entschuldigung«, murmelten die Zwillinge und starrten auf die schmutzigen Spitzen ihrer Turnschuhe. Pablo hingegen schien sich keiner Schuld bewusst zu sein. Er schnupperte interessiert an der Kiste und wedelte schon wieder mit dem Schwanz.
»Na also, geht doch.« Herr Jülich nickte zufrieden. »Dann möchte ich Sie jetzt als Neuzugang in der Straße herzlich willkommen heißen. Ich hoffe, Sie werden sich bei uns wohlfühlen. Auf gute Nachbarschaft!« Er reichte Herrn Poschke das Brot und das Salz.

Vorsichtig legte der neue Nachbar die Lampe zurück in den Karton und griff nach den Geschenken. Doch statt sich zu bedanken, schimpfte er gleich weiter: »Lassen Sie Ihren Hund immer frei auf der Straße herumlaufen? Das ist unverantwortlich! Und die Lampe ist ein nicht zu ersetzendes Erinnerungsstück. Sie hat schon meinem Großvater gehört.«
»Das ist mir wirklich sehr unangenehm«, murmelte Herr Jülich. Allmählich traten ihm Schweißperlen auf die Stirn. »Unser Hund ist manchmal etwas ungestüm. Normalerweise hält er sich nur im Garten auf, das Ganze war einfach eine Verkettung unglücklicher Umstände.«
»Wenn Sie es so nennen wollen ...« Herr Poschke schnaubte verächtlich. »Und jetzt entschuldigen Sie mich bitte, ich habe zu tun.« Er drehte sich auf dem Absatz um und verschwand im Haus, ohne Herrn Jülich eines weiteren Blickes zu würdigen.
»Du meine Güte!« Franzi schüttelte den Kopf. Sie und Kim hatten die ganze Szene von der Haustür aus beobachtet. »Euer neuer Nachbar macht ja keinen besonders sympathischen Eindruck.«
»Stimmt.« Kim nickte.
Herr Jülich, Ben und Lukas kehrten in den Garten zurück. Pablo trottete hinter ihnen her, während die Möbelpacker ihre Arbeit wieder aufnahmen.
»Was machst du denn für Sachen, Pablo?« Herr Jülich tätschelte den Kopf des Hundes. »Ich fürchte, mit diesem Herrn Poschke haben wir es uns gleich zu Anfang verdorben.«
Ben schnitt eine Grimasse. »Der ist doch ein Stinkstiefel.«

Lukas nickte eifrig. »Genau!«
»Stinkstiefel! Stinkstiefel! Stinkstiefel!«, riefen die Zwillinge im Chor.
In diesem Moment bog Marie auf ihrem Fahrrad um die Ecke. »Das ist ja eine tolle Begrüßung«, rief sie lachend, während sie ihr Rad neben Franzis an den Zaun lehnte. »Womit hab ich das verdient?«
»Vielleicht damit, dass du schon wieder zehn Minuten zu spät bist.« Franzi tippte vorwurfsvoll auf ihre Uhr.
»Du bist doch auch gerade erst gekommen, oder?«, erwiderte Marie. »Tut mir leid, ich war noch mit Holger beim Parkouring-Training. Das hat etwas länger gedauert.«
Holger machte seit einiger Zeit Parkouring, eine Sportart, bei der man spielerisch Hindernisse in seiner Umgebung überwand. Die Herausforderung bestand darin, den kürzesten Weg zwischen zwei Punkten zu nehmen – auch wenn man dabei über Mauern, Treppengeländer, Parkbänke oder sogar Autos springen musste.
»Hat's Spaß gemacht?«, erkundigte sich Kim.
Marie verzog das Gesicht. »Geht so. Ich hab mir schon wieder jede Menge blauer Flecke geholt.«
»Du Ärmste!« Kim ließ ihre Freundinnen ins Haus und sie gingen die Treppe hinauf in ihr Zimmer.
»Ich sag's euch, ich bin fix und fertig!« Marie ließ sich stöhnend auf den Teppichboden fallen. »Aber wenn ich nicht ab und zu beim Training mitmache, kriege ich Holger gar nicht mehr zu Gesicht.«
»Wieso?«, fragte Franzi. »Ich dachte, ihr seht euch regelmäßig.«

»Das war einmal.« Marie seufzte. »Seit Holger sich für diesen Parkouring-Wettkampf angemeldet hat, trainiert er in jeder freien Minute. Für mich hat er überhaupt keine Zeit mehr.« Sie zog die Knie an und schlang beide Arme darum.
»Das kenne ich.« Kim schloss die Zimmertür und nahm auf ihrem Schreibtischstuhl Platz. »Michi und ich verbringen auch kaum noch Zeit miteinander. Dabei habe ich solche Sehnsucht nach ihm!«
Franzi setzte sich aufs Bett. »Immerhin habt ihr Freunde, nach denen ihr euch sehnen könnt«, sagte sie leise.
Kim machte ein bestürztes Gesicht. »Oh nein! Wie unsensibel von uns. Wir jammern hier herum, obwohl du den meisten Grund dazu hättest. Tut mir leid, Franzi.«
»Mir auch«, sagte Marie. »Hast du noch oft Sehnsucht nach Felipe?«
Franzi zuckte mit den Schultern. »Eigentlich nicht. Ich denke gar nicht mehr so häufig an ihn. Aber wenn, dann macht es mich jedes Mal traurig.«
Kim lächelte Franzi aufmunternd zu. »Klingt so, als hättest du den schlimmsten Liebeskummer überwunden.«
Franzi nickte. »Es wird Zeit, wieder nach vorn zu blicken. Single zu sein hat schließlich auch Vorteile. Ich hab jetzt viel mehr Zeit für meine Hobbys – und für den Detektivclub natürlich.«
»Womit wir beim Thema wären«, hakte Kim ein. »Unser neuer Fall ist wirklich knifflig. Ich fürchte, wir haben immer noch keine heiße Fährte, was den Handtaschenräuber betrifft.«
»Frau Michaliks Aussage hat uns leider auch nicht wirklich weitergebracht«, fügte Marie hinzu. »Abgesehen davon, dass

sich ihre Beschreibung mit der von Franzi deckt, gibt es keine neuen Erkenntnisse.«

»Warum konzentrieren wir uns nicht erst mal auf den Roten Rächer?«, schlug Franzi vor. »Immerhin haben wir das Foto von Frau Michalik.«

»Stimmt.« Marie griff nach ihrer Umhängetasche und zog eine Zeitung hervor. »Heute gab es einen neuen Artikel über das Phantom. Habt ihr ihn gelesen?« Kim und Franzi schüttelten die Köpfe. »Der Rote Rächer hat wieder zugeschlagen«, berichtete Marie. »Er hat zwei Neunzehnjährige, die Graffitis auf eine Lagerhalle gesprüht haben, auf seiner Maschine quer durch den alten Hafen gejagt.«

»Was?« Kim schüttelte den Kopf. »Aber warum?«

»Vielleicht wollte er ihnen eine Lehre erteilen«, vermutete Franzi. »Ihnen Angst einjagen oder so.«

»Das ist ihm auch gelungen.« Marie schwenkte die Zeitung. »Hier steht, dass die Jugendlichen panisch weggerannt sind. Einer ist auf der Flucht ausgerutscht und ins Hafenbecken gefallen. Zum Glück konnte er sich selbst aus dem Wasser retten. Der andere hatte solche Angst, dass er die Polizei gerufen hat. Das Phantom ist unerkannt verschwunden, die Sprayer wurden mit aufs Revier genommen.«

»Also, ich finde, das geht zu weit«, sagte Kim. »Verbrecher zu überführen ist ja gut und schön. Das machen wir schließlich auch. Aber die Bestrafung ist Sache der Polizei und der Gerichte. Was der Rote Rächer da treibt, ist Selbstjustiz!«

»Ich weiß nicht …« Franzi kratzte sich nachdenklich am Kopf. »Er hat die Sprayer ja nicht bestraft, sondern nur ein bisschen gejagt.«

»*Nur ein bisschen gejagt?*« Kim sah Franzi ungläubig an. »Die Typen hatten panische Angst und einer von ihnen ist ins eiskalte Wasser gefallen. Er hätte sich verletzen oder ertrinken können! Selbstjustiz ist keine Lösung.«
»Das sehe ich genauso.« Marie nickte zustimmend. »Der Rote Rächer schießt übers Ziel hinaus. Wir müssen ihn finden, bevor etwas Schlimmeres passiert.«
Franzi biss sich auf die Unterlippe. Sie konnte Kims und Maries Argumente nachvollziehen, trotzdem spürte sie eine seltsame Verbundenheit mit dem Phantom. Lag es daran, dass sie sich dem Motorradfahrer zu Dank verpflichtet fühlte? Immerhin hatte er ihr in einer brenzligen Situation geholfen. Aber konnte sie dann überhaupt objektiv ermitteln? War sie nicht befangen? Franzi verdrängte diesen Gedanken schnell wieder. Sie brauchte die Detektivarbeit jetzt mehr denn je, um keinen Liebeskummer-Rückfall zu bekommen. Am besten, sie ließ sich nichts anmerken. Sie würde einfach versuchen, so unvoreingenommen wie möglich zu sein.
»Franzi!«, rief Marie. »Träumst du?«
Franzi zuckte zusammen. Vor lauter Grübeln hatte sie gar nicht mitbekommen, dass Marie sie schon zweimal angesprochen hatte.
»Äh – was?«, fragte Franzi verwirrt. »Sorry, ich war mit den Gedanken woanders.«
»Das hab ich gemerkt.« Marie grinste. »Ich hab dich gefragt, ob Frau Michalik dir das Foto schon geschickt hat.«
»Ja, klar.« Franzi zückte ihr Handy.
»Wir sollten es vergrößern, ausdrucken und genauer untersuchen«, schlug Kim vor.

»Gute Idee.« Franzi schickte das Foto per Mail an Kim, die bereits ihren Computer hochfuhr. Eine Minute später hatte sie eine Vergrößerung des Bildes ausgedruckt.
»Dann wollen wir mal …« Kim legte das Bild auf den Schreibtisch, richtete den Strahl ihrer Lampe darauf und zog eine Lupe aus der Schublade.
Franzi und Marie beugten sich über Kims Schultern und betrachteten gespannt das Foto. Durch die Vergrößerung war es etwas grobkörniger geworden. Es zeigte den Roten Rächer halb von der Seite, halb von hinten, wie er gerade auf seiner Maschine davonbrauste.
Kim hielt die Lupe über das Nummernschild. »Schade!« Sie seufzte enttäuscht. »Die Nummer ist auf der Vergrößerung genauso wenig zu lesen wie auf dem Originalfoto.«
»Das wäre ja auch zu einfach gewesen.« Franzi zeigte auf eine kleine helle Stelle auf der Rückseite des Helms. »Was ist das denn? Sieht aus wie ein Aufkleber.«
»Moment, das haben wir gleich.« Kim hielt die Lupe über den Helm und sah hindurch. »Hm. Scheint eine Art Symbol zu sein. Ich kann damit nichts anfangen. Ihr vielleicht?«
Marie schüttelte den Kopf. »Das hab ich noch nie gesehen.«
»Lass mich mal.« Franzi blickte durch die Lupe. Das Symbol war nicht besonders groß. Es bestand aus einem Stern mit fünf Zacken. Durch den Stern verlief eine ebenfalls gezackte Linie. »Sieht aus wie ein Stern, in den gerade ein Blitz einschlägt.« Franzi runzelte die Stirn. »Das kommt mir irgendwie bekannt vor …«
»Du kennst das Symbol?«, fragte Kim. »Woher?«
Franzi dachte angestrengt nach, aber ihr Gedächtnis gab die

passende Erinnerung nicht preis. »Ich komm nicht drauf!« Ärgerlich rieb sie sich die Schläfen. »Irgendwo hab ich es schon mal gesehen, da bin ich mir hundertprozentig sicher. Wenn ich nur wüsste, wo!«

»Vielleicht in einer Zeitschrift oder im Fernsehen«, vermutete Marie. »Am besten, du denkst nicht mehr daran. Meistens fallen einem solche Dinge ein, wenn man am wenigsten damit rechnet.«

Kim legte die Lupe weg. »Wir müssen unbedingt herausfinden, um welche Motorradmarke und welches Modell es sich handelt. Vielleicht können wir das Phantom ja über seine Maschine identifizieren.«

»Das heißt, wir brauchen einen Experten«, stellte Marie fest. »Ich hab leider keine Ahnung von Motorrädern.«

»Ich auch nicht«, gab Franzi zu. »Warum wenden wir uns nicht an einen Motorradclub?«

»Gute Idee!« Kim tippte sofort etwas in ihren Computer ein. Zwei Minuten später hatte sie die Adresse des örtlichen Motorradclubs herausgesucht. »Der *MC Black Riders* hat sein Clubhaus direkt hinterm Bahnhof.«

»Sollen wir gleich hinfahren?«, fragte Franzi.

Marie schüttelte den Kopf. »Daraus wird nichts. Ich muss nach Hause. Ich hab Papa und Tessa versprochen, heute Abend auf Finn aufzupassen. Sie wollen sich mal wieder einen netten Abend zu zweit machen.«

Marie hatte vor einem Jahr einen kleinen Halbbruder bekommen, den sie über alles liebte. Auch mit Tessa, der Lebensgefährtin ihres Vaters, kam sie gut zurecht. Nur Tessas Tochter Lina ging ihr manchmal auf die Nerven.

»Morgen kann ich leider nicht«, sagte Kim. »Da hab ich mich für den Schreibworkshop im Jugendzentrum angemeldet.«
Kim schrieb gerne Krimigeschichten und träumte davon, später eine berühmte Autorin zu werden. Sie hatte sogar schon einen Sonderpreis beim Poetry-Slam im *Café Lomo* gewonnen und kürzlich an einer kleinen Lesung im Jugendzentrum teilgenommen, bei der ihre Geschichte sehr gut angekommen war. Seitdem war sie umso motivierter, an ihren Texten weiterzuarbeiten.
Franzi seufzte. »Na toll! Und wann habt ihr neben euren diversen anderen Verpflichtungen mal wieder Zeit für die Detektivarbeit?«
»Freitag!«, riefen Kim und Marie gleichzeitig.
Sie sahen sich an und kicherten los.
Auch Franzi musste grinsen und ihr Ärger verflog so schnell, wie er gekommen war. »Prima«, sagte sie. »Dann werden wir dem *MC Black Riders* am Freitag einen kleinen Besuch abstatten.«

Heiße Öfen und eine heiße Spur

»Dort drüben muss es sein.« Kim deutete auf eine Garage, die etwas zurückgesetzt zwischen zwei mehrstöckigen Häusern lag, von denen der Putz abbröckelte.
Die drei !!! waren am Freitagnachmittag gemeinsam zum Bahnhof geradelt, hatten ihre Fahrräder vor der Hauptpost abgestellt und waren zu Fuß in die Alte Bahnhofstraße eingebogen, in der sich das Clubhaus der Motorradfahrer befand.
Franzi betrachtete mit zusammengezogenen Augenbrauen das flache Gebäude. Es wirkte genauso schmuddelig wie die restliche Straße. Das schwere Holztor war alt und ausgeblichen, die Backsteinfassade hatte sich im Lauf der Zeit dunkel verfärbt und die Fenster waren beinahe blind vor Schmutz. Neben dem großen Tor, das halb offen stand, befand sich eine schmale Eisentür, die vermutlich zum Clubraum führte. Im Hof lag welkes Laub, zwischen den Pflastersteinen wuchsen Grasbüschel und an der Backstein-Mauer stapelten sich alte Reifen und rostige Ersatzteile. Franzi musste plötzlich an all die Geschichten denken, die sie schon von Motorradgangs gehört und gelesen hatte. Meistens waren es keine schönen Geschichten. Sie bekam eine Gänsehaut. Was erwartete sie dort drinnen?
»Sollen wir wirklich reingehen?« Kim zog die Schultern hoch. Ihre Gedanken schienen in eine ähnliche Richtung zu gehen wie Franzis. »Sieht irgendwie nicht besonders vertrauenerweckend aus.«

»Ach was, die meisten Motorradfahrer sind total nette Typen«, behauptete Marie. »Außerdem haben wir keine Wahl. Wenn wir den Roten Rächer finden wollen, brauchen wir jemanden, der seine Maschine identifiziert. Kommt schon!« Beherzt marschierte sie los.

Franzi seufzte. »Also gut, bringen wir es hinter uns.« Sie überquerte hinter Marie den ungepflegten Hof. Als sie näher kam, hörte sie Stimmen und Musik aus der Garage. Zumindest würden sie jemanden antreffen.

Die drei !!! gingen durch das halb geöffnete Holztor. Sie betraten einen großen, kahlen Raum. Mehrere Leuchtstoffröhren an der niedrigen Decke verbreiteten grelles Licht. Der Betonboden war mit Ölflecken übersät und an den Wänden standen Metallregale, die mit Werkzeug, Ersatzteilen und allerlei Krimskrams vollgestopft waren. Drei Männer schraubten in der Garage an ihren Maschinen herum. Im Hintergrund lief ein Radio.

»Guten Tag!« Maries klare Stimme durchbrach das Gedudel. »Dürfen wir kurz stören?«

Die Köpfe der Männer fuhren herum. Franzi betrachtete die Männer aufmerksam. Der älteste war etwa Ende fünfzig, hatte schütteres graues Haar, einen Vollbart und einen nicht unbeträchtlichen Bauchumfang. Die anderen beiden Männer schätzte Franzi auf Mitte dreißig. Einer war sehr groß und schlaksig, hatte kurze blonde Haare und ein hageres Gesicht mit großer Nase. Der dritte war klein und muskulös, trug seine schulterlangen dunklen Haare zu einem Pferdeschwanz und hatte einen schmalen Oberlippenbart. Alle drei trugen schwarze Lederwesten, auf deren Rückseite der

Schriftzug *MC Black Riders* prangte. Darunter befand sich das Logo des Clubs, ein schwarzer Panther, der gerade zum Sprung ansetzte. Franzi war froh, Kim und Marie an ihrer Seite zu wissen.

»Was gibt's?«, fragte der Dicke mit dem Bart.

»Wir brauchen Ihren Rat.« Marie setzte ihr gewinnendstes Lächeln auf. »Sie sind doch sicher alle drei Motorrad-Experten, oder?«

»Motorräder?« Der Dicke schüttelte den Kopf. »Nee, davon haben wir keine Ahnung.«

»Aber …«, begann Marie verwirrt.

Der schlaksige Typ mit den blonden Haaren wischte sich grinsend seine öligen Hände an einem alten Lappen ab. »Hört nicht auf ihn. Eddie ist ein alter Spaßmacher. Worum geht's denn?«

»Wenn ihr einen Motorradführerschein machen wollt, seid ihr noch ein bisschen zu jung«, mischte sich der Mann mit dem Pferdeschwanz ein.

»Genau, kommt in ein paar Jahren wieder!« Eddie lachte wiehernd und sein Bauch hüpfte auf und ab.

Der Blonde verdrehte die Augen. »Jetzt hört doch mal auf mit dem Mist!« Er wandte sich wieder an die drei !!!. »Also, was wollt ihr?«

»Wir hätten gerne eine Auskunft«, sagte Marie schnell. »Können Sie uns sagen, was das für ein Motorrad ist?«

Kim zog die Vergrößerung des Handy-Fotos hervor und hielt sie dem Mann vor die Nase. »Wir brauchen die Marke und das Modell.«

Der Blonde nahm das Bild in die Hand und betrachtete es

eingehend. »Schwer zu sagen …«, murmelte er. »Das Foto ist ja nicht besonders gut. Was meint ihr?« Er reichte den Ausdruck an seinen Kumpel weiter.

Der Pferdeschwanz-Typ warf nur einen schnellen Blick darauf. »Keine Ahnung.«

Auch der Dicke zuckte mit den Schultern. »Noch nie gesehen.«

Franzi seufzte. So etwas hatte sie fast erwartet. Die Männer wollten ihnen nicht helfen. Aus welchem Grund auch immer. Vielleicht verstieß es gegen ihren Ehrenkodex, Informationen weiterzugeben. Oder sie nahmen die drei !!! einfach nicht ernst.

»Überlegen Sie bitte noch einmal ganz genau«, bat Kim. »Es wäre wirklich sehr wichtig, dass wir mit dem Fahrer dieses Motorrads in Kontakt treten.«

»Was wollt ihr denn von ihm?«, erkundigte sich der Pferdeschwanz-Typ misstrauisch.

Die Detektivinnen wechselten einen Blick und verständigten sich wortlos darüber, ihre wahren Beweggründe für sich zu behalten. Wenn die Männer hörten, dass sie Detektivinnen waren, würden sie garantiert komplett dichtmachen.

»Es handelt sich um …«, begann Franzi, aber ihr fiel auf die Schnelle keine überzeugende Begründung ein.

»Um eine Privatangelegenheit«, ergänzte Marie. Sie lächelte entschuldigend.

»Aha.« Der Mann mit dem Pferdeschwanz gab Kim das Bild zurück.

»Lass noch mal sehen.« Der Blonde kratzte sich nachdenklich am Kopf, während er das Foto betrachtete.

»Ist Ihnen noch etwas eingefallen?«, fragte Kim hoffnungsvoll.
»Das könnte glatt die Maschine vom Chef sein«, sagte der Mann zögernd.
»Tatsächlich?«, hakte Marie nach. »Wie heißt denn Ihr Chef?«
»Joe Weidner«, antwortete der Blonde.
»Aber der ist heute nicht da.« Der Pferdeschwanz-Typ warf dem Blonden einen warnenden Blick zu.
»Wann kommt er denn?«, fragte Franzi.
Der Mann mit dem Pferdeschwanz zuckte mit den Schultern. »Weiß nicht. In letzter Zeit ist er kaum noch hier.«
»Wollte er heute nicht mal wieder reinschauen?«, fragte der Blonde.
»Quatsch!« Nun klang der Pferdeschwanz-Typ richtig sauer. »Halt endlich deine dämliche Klappe, du Idiot!«
Eddie fuhr sich durch seinen zotteligen Vollbart. »Ich glaube, ihr geht jetzt besser, Mädels. Fragt woanders nach.«
»Okay. Trotzdem danke.« Kim steckte das Bild wieder ein und die drei !!! verließen die Garage. Sie überquerten den Hof und blieben stehen, als sie außer Hörweite waren.
»So ein Reinfall«, sagte Franzi enttäuscht. »Das war wohl nichts.«
»Immerhin hat sich der Blonde verplappert«, sagte Marie.
Franzi grinste. »Der kriegt jetzt bestimmt Ärger von seinen beiden Kollegen.«
»Wir sollten diesen Joe Weidner überprüfen«, schlug Marie vor.
»Meinst du wirklich, er ist das Phantom?«, fragte Franzi skeptisch.

Marie zuckte mit den Schultern. »Keine Ahnung. Aber wir müssen jeder noch so kleinen Spur nachgehen.«
Kim sah auf die Uhr. »Es ist noch früh. Wir könnten einfach hier warten. Vielleicht haben wir ja Glück und dieser Weidner taucht tatsächlich heute auf.«
»Gute Idee.« Marie zückte ihr Smartphone. »Ich schau mal, ob ich im Internet ein Foto von ihm finde.« Sie ging ins Netz, gab den Namen des Club-Chefs in eine Suchmaschine ein und scrollte durch die Ergebnisliste. »Bingo!« Triumphierend hielt Marie ihr Handy hoch. »Das ist er.«
Franzi betrachtete das Foto, das von der Homepage des Clubs stammte. Es zeigte einen Mann Anfang vierzig mit dunkelblondem Igelschnitt und Dreitagebart, der gut gelaunt in die Kamera lächelte.
»Prima!« Kim nickte zufrieden. »Jetzt wissen wir wenigstens, nach wem wir Ausschau halten müssen.«
Die Detektivinnen überquerten die Straße und betraten einen kleinen Kiosk, der direkt gegenüber vom Clubhaus lag. Während Kim ausgiebig das Süßigkeitenangebot neben der Kasse studierte, holte Franzi drei kleine Flaschen Apfelschorle aus der Kühltheke. Marie hatte sich neben der Tür postiert und ließ die Straße nicht aus den Augen.
»Nicht viel los heute beim Motorradclub, was?«, fragte Franzi beiläufig, während sie die Getränke bezahlte.
Die Kioskbesitzerin zuckte mit den Schultern. »Ist die falsche Jahreszeit. Im Herbst und Winter schrauben die Jungs nur an ihren Maschinen herum. Aber im Frühling, wenn die Sonne herauskommt, ist hier jedes Wochenende Remmidemmi.«

»Da gibt's doch bestimmt manchmal Stress, oder?«, fragte Marie von der Tür her.
»Eigentlich nicht.« Die Frau reichte Franzi das Wechselgeld. »Die Jungs sehen zwar teilweise etwas wild aus, aber die meisten sind harmlos. Randale gab's noch nie.«
Kim hatte sich für eine Tüte Gummibärchen entschieden und kramte in ihrem Portemonnaie nach den passenden Münzen.
»Da ist er!«, zischte Marie.
Franzi griff nach den Flaschen und Kim bezahlte schnell die Gummibärchen, während Marie schon die Tür öffnete und auf den Bürgersteig trat.
»Vielen Dank und auf Wiedersehen.« Kim steckte hastig die Gummibärchentüte ein und wandte sich ab.
»He, du kriegst noch was raus!«, rief ihr die Kioskbesitzerin nach.
»Stimmt so«, gab Kim zurück und zog die Tür hinter sich zu. Marie hatte bereits die Straße überquert. »Herr Weidner?«, rief sie.
Der Mann, der gerade auf die Garage zuging, blieb stehen und drehte sich um. Franzi erkannte ihn sofort wieder, auch wenn er seine dunkelblonden Haare inzwischen etwas länger trug als auf dem Foto und sorgfältig rasiert war. Es war eindeutig Joe Weidner.
»Was ist denn?«, fragte er unwillig.
»Wir würden gerne kurz mit Ihnen sprechen«, sagte Marie. »Keine Sorge, es dauert nicht lange.«
Kim zog das Foto hervor. »Ist das Ihre Maschine?«
Etwas blitzte in den Augen des Mannes auf. Misstrauen?

Angst? Oder einfach nur Überraschung? Franzi war sich nicht sicher.
»Nein«, antwortete er, ohne einen einzigen Blick auf das Bild zu werfen.
»Sehen Sie sich das Foto doch erst mal an«, bat Kim.
»Das brauche ich nicht.« Joe Weidners Blick wanderte zwischen den Detektivinnen hin und her, als versuchte er einzuschätzen, ob von ihnen eine ernst zu nehmende Gefahr ausging oder nicht. »Ich habe kein Motorrad mehr.«
»Sie sind der Vorsitzende des *MC Black Riders* und haben kein Motorrad?«, fragte Franzi ungläubig.
»Wer sagt denn, dass ich der Vorsitzende des Clubs bin?« Joe Weidners Augen verengten sich zu schmalen Schlitzen. »Das war ich mal. Ist schon eine Weile her. Ich habe das Amt abgegeben.«
»Tatsächlich?« Marie ließ sich nicht aus der Ruhe bringen. »Da haben wir aber andere Informationen.«
»Dann sind eure Informationen leider falsch.« Weidners Stimme klang scharf. »Und jetzt verschwindet, das ist Privatgelände. Wehe, ihr schnüffelt noch länger hier herum!« Er wandte sich ab und betrat die Garage.
»Der Kerl lügt doch wie gedruckt«, stellte Franzi ärgerlich fest. »Für wie blöd hält der uns eigentlich?«
»Er hat eindeutig etwas zu verbergen«, sagte Kim. »Und es hat ihm gar nicht gefallen, dass wir ihn nach der roten Maschine gefragt haben. Die Frage ist nur: Warum?«
»Weil sie ihm gehört, natürlich.« Marie strich sich aufgeregt eine blonde Haarsträhne hinter das Ohr. »Joe Weidner ist der Rote Rächer, ganz klar!«

»Ich weiß nicht …« Franzi war sich da nicht so sicher. »Er könnte uns auch aus anderen Gründen abgewimmelt haben. Vielleicht dreht er mit seinen Motorradkumpels irgendwelche krummen Dinger.«

»Wie dem auch sei, wir müssen unbedingt mehr herausfinden.« Marie hatte das Jagdfieber gepackt. »Kommt mit!« Sie schlich auf Zehenspitzen über den verwahrlosten Hof zur Garage hinüber.

»Was hast du vor?«, wisperte Kim. »Bleib hier, das ist gefährlich!«

Aber Marie ignorierte die Warnung. Kim und Franzi blieb nichts anderes übrig, als ihr zu folgen. Joe Weidner hatte das schwere Tor einen Spalt offen gelassen. Die drei !!! pirschten sich so nah wie möglich heran. Aus der Garage waren aufgebrachte Stimmen zu hören. Franzi spitzte die Ohren.

»Wer von euch Idioten hat seinen Mund nicht halten können?« Die Stimme gehörte eindeutig Joe Weidner. Er klang stinksauer.

»Das war ich«, antwortete der Blonde zerknirscht. »Sorry, Joe, wird nicht wieder vorkommen.«

»Mensch, Tommi, du Blödmann!«, schimpfte Joe Weidner. »Du weißt genau, dass mich das Kopf und Kragen kosten kann. Wenn die Sache rauskommt, bin ich geliefert, kapiert? Also kein Wort zu niemandem, klar?«

»Klar, Chef«, murmelte Tommi.

Von innen näherten sich Schritte und die drei !!! zogen sich eilig hinter einen Reifenstapel zurück. Das Holztor wurde ein Stück weiter aufgeschoben und Tommi kam heraus. Er überquerte die Straße und verschwand im Kiosk.

Franzi atmete auf. »Das war knapp.«
»Und ganz schön riskant.« Kim warf Marie einen vorwurfsvollen Blick zu. »Wenn die Kerle uns erwischt hätten, wären wir geliefert gewesen.«
»Sie haben uns aber nicht erwischt«, gab Marie seelenruhig zurück. »Manchmal muss man eben was riskieren. Immerhin wissen wir jetzt, dass hier eindeutig etwas faul ist.«
»Joe Weidner hat Dreck am Stecken«, stellte Franzi fest.
»Und er hat eine Heidenangst, dass sein Geheimnis auffliegt«, fügte Kim hinzu. »Was haltet ihr davon, wenn wir ihn beschatten? Früher oder später führt er uns bestimmt ganz von allein auf die richtige Spur.«
Franzi und Marie waren sofort einverstanden. Sie beschlossen, den Standort zu wechseln, weil sie hinter dem Reifenstapel viel zu leicht entdeckt werden konnten. Kaum hatten sie sich hinter den Mülltonnen des Nachbarhauses verschanzt, kam Tommi wieder aus dem Kiosk und kehrte mit einer prall gefüllten Tüte, in der Flaschen gegeneinanderklirrten, in die Garage zurück. Danach passierte erst mal nichts mehr.
»Gut, dass wir Verpflegung dabeihaben.« Franzi verteilte die Flaschen mit der Apfelschorle, schraubte ihre auf und trank einen großen Schluck. Die Schorle prickelte auf der Zunge und lief kalt ihre Kehle hinab. Franzi fröstelte. »Obwohl mir etwas Warmes jetzt ehrlich gesagt lieber wäre.« Es hatte angefangen zu nieseln und die Dämmerung senkte sich allmählich über die Stadt. Franzi schlug den Kragen ihrer Jacke hoch.
»Gummibärchen?« Kim hatte die Tüte aufgerissen und reich-

te sie herum. »Die sind zwar nicht warm, aber dafür schön süß.«
»Danke.« Franzi nahm ein paar Gummibärchen und steckte sie sich in den Mund. Der süße Geschmack lenkte sie tatsächlich einen Moment von ihrer wenig komfortablen Situation ab.
»Wenn wir wenigstens einen Schirm dabeihätten.« Marie schlang sich ihr Halstuch um den Kopf, um ihre Haare vor der Nässe zu schützen.
»Moment mal, da tut sich was!« Franzi nahm noch einen Schluck aus ihrer Flasche, ohne das Clubhaus aus den Augen zu lassen. Jetzt schwang das große Holztor auf und ein Motor jaulte auf. Kurz darauf schoss ein rotes Motorrad aus der Garage.
»Das muss Joe Weidner sein!« Marie sprang auf. »Hinterher!«
Aber die Detektivinnen hatten keine Chance. Das Motorrad sauste um die Ecke und war im Bruchteil einer Sekunde verschwunden.
»Mist!«, schimpfte Franzi.
»Bei dem Tempo haben wir auf unseren Fahrrädern keine Chance.« Kim schob sich noch ein Gummibärchen in den Mund. »Falls der Rote Rächer heute wieder auf Verbrecherjagd geht, werden wir ihn leider nicht stellen.«
»Und was jetzt?«, fragte Marie frustriert.
»Jetzt gehen wir nach Hause.« Kim knüllte die halb leere Gummibärchentüte zusammen und steckte sie ein. »Morgen ist schließlich auch noch ein Tag.«

Träume sind Schäume

Franzi schlug die Augen auf. Sie lag in ihrem Bett und die Morgensonne schien ihr warm ins Gesicht. Neben ihr auf der Bettkante saß Felipe und sah sie an.

»Guten Morgen«, sagte er sanft. »Hast du gut geschlafen, *mi tesoro*?«

»Was machst du hier?« Franzi blinzelte überrascht.

»Ich muss mit dir reden.« Felipe nahm ihre Hand und drückte sie. »Ich habe einen riesigen Fehler gemacht. Erst durch unsere Trennung ist mir klar geworden, wie wichtig du für mich bist. Franzi, ich liebe dich!«

»Ich liebe dich auch, Felipe«, hauchte Franzi.

Felipe lächelte liebevoll und Franzis Herz schmolz dahin. Dann beugte er sich zu ihr hinunter. Sein Gesicht kam immer näher, bis sich ihre Lippen berührten. Franzi schlang die Arme um Felipes Hals und genoss das warme Gefühl, das ihren ganzen Körper durchströmte. War sie jemals in ihrem Leben so glücklich gewesen? Nein! Das Leben konnte so wunderschön sein …

»Franzi! FRANZI!«

Franzi schlug die Augen auf. Sie lag in ihrem Bett. Von Sonnenschein keine Spur. Draußen war es grau und regnerisch. Neben dem Bett stand Chrissie und grinste gehässig.

»He, was soll das?«, fragte Franzi verwirrt.

»Steh endlich auf, du Schlafmütze!« Mit einem Ruck zog Chrissie die warme Decke weg.

»Spinnst du?« Franzi war noch halb in ihrem Traum gefangen. Felipe hatte sie geküsst. Er war zu ihr zurückgekommen. Alles war nur ein Irrtum gewesen. Sie spürte seine Lippen noch auf ihren, hatte seinen Geruch in der Nase und sah sein süßes Lächeln vor sich …

»Ich brauche dein Fahrrad«, sagte Chrissie fordernd.

»Was?« Franzi fuhr sich mit beiden Händen über das Gesicht. Allmählich kam sie in der Realität an. Felipe war nicht zu ihr gekommen. Es war nur ein Traum gewesen. Nichts als ein dummer Traum! Stöhnend griff sie nach ihrer Decke, zog sie bis zum Kinn und drehte sich zur Wand. »Lass mich in Ruhe. Warum hast du mich geweckt? Ich hab gerade so schön geträumt …«

»Träume sind Schäume«, stellte Chrissie nüchtern fest. »Und ich hab dich geweckt, weil ich dein Fahrrad brauche. Leihst du es mir? Meins hat einen Platten und ich bin gleich in der Stadt zum Frühstücken verabredet.«

»Nein«, murmelte Franzi.

»Was?«

»NEIN«, wiederholte Franzi lauter. »Ich leihe es dir nicht. Ich brauche mein Fahrrad selbst. Wie kommst du überhaupt darauf, dass ich dir einen Gefallen tue, wenn du mich am Samstagmorgen um diese Zeit aus dem Tiefschlaf reißt?«

»Wieso, es ist doch schon neun Uhr«, sagte Chrissie mit Unschuldsmiene. »Komm schon, Franzi, jetzt sei nicht so. Ich bin echt aufgeschmissen, wenn du mir nicht hilfst.«

»Verschwinde endlich!« Franzi schloss die Augen.

»Biiiiitte!« Chrissies Tonfall war so flehend, dass Franzi unwillkürlich grinsen musste. »Dann übernehme ich heute Nachmittag auch deinen Hausarbeitsanteil.«

Seit Frau Winkler mit ihrem Backservice so eingespannt war, hatte sie einen Teil der Hausarbeit auf ihre Töchter und ihren Mann verteilt. Deshalb putzte Franzi neuerdings jeden Samstag mit Todesverachtung das Bad und wischte im Wohnzimmer Staub.
Franzi öffnete ein Auge. »Bad putzen *und* Staub wischen?«
Chrissie nickte. Franzi wälzte sich herum, streckte ihrer Schwester die Hand entgegen und Chrissie schlug ein.
»Danke, du bist ein Schatz!« Chrissie warf Franzi eine Kusshand zu und war im Nu verschwunden.
Franzi drehte sich auf den Rücken und gähnte. Am liebsten hätte sie noch ein bisschen geschlafen und ihren Traum genau dort weitergeträumt, wo Chrissie ihn so unsanft unterbrochen hatte. Sie wollte noch einmal Felipes Lippen auf ihren spüren, ihm noch einmal nahe sein …
Ärgerlich schüttelte Franzi den Kopf und setzte sich auf. Was war nur los mit ihr? Felipe war Schnee von gestern. Sie waren getrennt und damit basta. Was hatte Chrissie gesagt? *Träume sind Schäume.* Da musste Franzi ihrer Schwester ausnahmsweise recht geben.
Franzi schwang die Beine über die Bettkante. An Schlaf war jetzt nicht mehr zu denken, sie konnte also genauso gut aufstehen. Schnell schlüpfte sie in Jeans und Pullover, zog sich dicke Socken über ihre kalten Füße und ging nach unten.
»Nanu, schon wach?«, fragte Frau Winkler überrascht, als Franzi die Küche betrat. Aus der angrenzenden Backstube zog ein köstlicher Duft nach frischem Kuchen herüber.
Franzi nickte. »Wie lange bist du schon auf den Beinen?«
Ihre Mutter winkte ab. »Frag nicht. Ich hab gerade das dritte

Blech Apfelkuchen in den Ofen geschoben. Die Lieferung wird um zehn Uhr abgeholt. Eine Tauffeier mit dreißig Personen.« Sie goss sich einen Kaffee ein. »Jetzt mache ich aber erst mal eine Pause.« Frau Winkler setzte sich zu Franzi an den bereits gedeckten Frühstückstisch. »Hast du gut geschlafen?«

Sofort hatte Franzi Felipes Stimme im Ohr. *Hast du gut geschlafen, mi tesoro?* Sie versuchte, den Traum abzuschütteln. Sie wollte nicht von Felipe träumen! Sie wollte ihn vergessen, und zwar so schnell wie möglich. Aber das war offenbar nicht ganz so einfach, wie sie gedacht hatte …

»Geht so«, murmelte Franzi und nahm sich eine Scheibe Vollkornbrot. »Wo ist denn Papa?«

»Der ist schon ganz früh zu einem Notfall gerufen worden«, antwortete Frau Winkler. »Eine kalbende Kuh bei Bauer Vennegerts.«

Franzis Vater war als Tierarzt Tag und Nacht für seine Patienten erreichbar. Es war nicht ungewöhnlich, dass er auch am Wochenende losmusste, um einem Tier in Not zu helfen. Franzi strich sich Butter und Erdbeermarmelade auf ihr Brot und biss hinein. Während sie langsam kaute, zog sie die Samstagsausgabe der Zeitung zu sich heran und warf einen schnellen Blick auf die Schlagzeilen des Tages. Plötzlich stockte ihr der Atem und sie verschluckte sich an ihrem Brot. Sie musste husten und trank schnell einen Schluck Wasser.

»Alles in Ordnung?«, fragte Frau Winkler besorgt.

Franzi nickte. »Ich hab nur gerade einen interessanten Artikel entdeckt.« Sie schlug den Lokalteil auf.

Aus der Backstube ertönte ein durchdringendes Piepsen.

»Der Apfelkuchen ist fertig.« Frau Winkler trank noch einen Schluck Kaffee und erhob sich seufzend. »Tut mir leid, ich muss weitermachen.«
»Kein Problem«, antwortete Franzi zerstreut. Ihre ganze Aufmerksamkeit war auf den Zeitungsartikel gerichtet. Eilig begann sie zu lesen.

ROTER RÄCHER SCHLÄGT WIEDER ZU
Phantom stellt Einbrecherbande

Der geheimnisvolle Motorradfahrer, der unsere Stadt seit einiger Zeit in Atem hält, hat wieder zugeschlagen. In der Nacht zum Freitag konnte mit seiner Hilfe eine polizeilich gesuchte Einbrecherbande gefasst werden. »Gegen Mitternacht ging ein anonymer Anruf bei uns ein«, so der ermittelnde Kommissar Peters. »Daraufhin wurde sofort ein Streifenwagen zu der angegebenen Adresse geschickt. Dort konnten die Einbrecher in flagranti ertappt und verhaftet werden.«
Nach der Bande, die bereits zahlreiche Einbrüche im Stadtgebiet verübt hat, fahndet die Polizei schon seit Monaten. Bisher jedoch ohne Erfolg. Wieder einmal war der Rote Rächer den Ermittlern einen Schritt voraus. »Wir wissen nicht, wer dieser Motorradfahrer ist«, so Peters zu unserer Zeitung. »Aber wir sind ihm auf den Fersen.« Gestern konnte das Phantom einmal mehr unerkannt entkommen. Ob die Polizei es tatsächlich schafft, seine Identität zu lüften, bleibt abzuwarten.

Franzi schob die Zeitung zur Seite und nahm nachdenklich noch einen Bissen von ihrem Brot. Hatte Joe Weidner die Einbrecher an die Polizei verraten? War er nachts mit seinem Motorrad durch die Stadt gekurvt, hatte den Einbruch entdeckt und der Polizei einen Tipp gegeben?
Franzis Handy vibrierte. Sie zog es aus der Hosentasche. Eine SMS von Kim.

Phantom hat wieder zugeschlagen. Heute um zehn Uhr Treffen bei mir, um Beschattung fortzusetzen. LG, Kim

Franzi grinste. Kim hatte also auch schon Zeitung gelesen. Sie simste ein schnelles »OK« zurück und steckte sich den Rest ihres Brotes in den Mund. Wenn sie um zehn bei Kim sein wollte, musste sie sich beeilen.

Eine Stunde später bogen die drei !!! in den Rotkehlchenweg ein.
»Hier wohnt Joe Weidner?«, fragte Franzi skeptisch.
Die Straße gehörte zu einem Neubaugebiet am Stadtrand. Ein schmuckes Einfamilienhaus stand neben dem anderen. In den Gärten spross noch junger Rasen und ein Schild am Straßenrand wies auf spielende Kinder hin. In jedem zweiten Garten stand ein großes Trampolin.
Kim nickte. »Ich hab seine Adresse im Internet recherchiert. Hausnummer elf.«
Die Detektivinnen hatten das Haus schnell gefunden. Franzi bremste, indem sie eine geschickte Drehung auf ihren Inlinern hinlegte. Kim und Marie stellten ihre Räder ab.

»Sieht noch ziemlich neu aus«, stellte Marie fest.
Die Fassade des Einfamilienhauses war schneeweiß verputzt. Die dunkelroten Dachziegel glänzten in der Sonne, die gerade zwischen den Wolken hervorkam. Der Garten war noch nicht komplett angelegt. Offenbar war der Rasen erst kürzlich ausgesät worden und am Zaun hing ein ›Frisch gestrichen‹-Schild.
»Wer hätte gedacht, dass der Chef eines Motorradclubs in so einer spießigen Gegend wohnt?«, sagte Franzi.
»Ja, ich hatte auch etwas anderes erwartet.« Kim musterte den Garten. »Er scheint Kinder zu haben.«
»Wie kommst du denn darauf?«, fragte Franzi.
Kim deutete auf eine halb fertig gebaute Sandkiste neben der Terrasse. »Deshalb!«
»Vielleicht sind wir doch an der falschen Adresse …«, überlegte Marie laut.
In diesem Moment öffnete sich die Haustür und ein Mann kam heraus.
»Das ist er«, zischte Franzi. »Runter!«
Die Detektivinnen duckten sich hinter ein Auto, das am Straßenrand parkte. Joe Weidner trat aus dem Haus. Aus dem Inneren war Babygeschrei zu hören und eine Frauenstimme rief etwas.
»Nein, ich hab den Einkaufszettel nicht vergessen«, rief Joe Weidner zurück. »Bis später, Schatz!« Mit einem großen Einkaufskorb bewaffnet stieg er in ein Auto, das in der Auffahrt bereitstand. Es war ein dunkelblauer Kombi mit Dachgepäckträger. Der Motor sprang an und Joe Weidner fuhr davon.

Franzi sah ihm kopfschüttelnd nach. »Der fährt ja eine richtige Familienkutsche.«
»Anscheinend erledigt er jetzt den wöchentlichen Großeinkauf«, vermutete Kim.
»Joe Weidner ist also nicht nur Chef der *Black Riders*, sondern auch ein treu sorgender Familienvater«, fasste Marie zusammen. »Eine interessante Erkenntnis.«
»Vielleicht führt er ja ein Doppelleben«, meinte Franzi. »Tagsüber kümmert er sich um Frau, Kind und Garten und nachts düst er als Roter Rächer auf seinem Motorrad durch die Gegend und stellt Verbrecher.«
»Aber warum sollte er das tun?«, fragte Kim.
Ehe jemand antworten konnte, öffnete sich die Haustür erneut. Eine Frau im kakifarbenen Mantel schob einen Kinderwagen heraus. Das Baby hatte aufgehört zu brüllen. Die Frau schloss die Haustür ab und lenkte den Kinderwagen durch den Vorgarten auf die Straße.
»Das muss Joe Weidners Frau sein«, flüsterte Kim. »Ob sie vom Doppelleben ihres Mannes weiß?«
»Lasst es uns herausfinden.« Maries Augen blitzten unternehmungslustig. »Los!«
Während Frau Weidner kurz stehen blieb und sich über den Kinderwagen beugte, kamen die drei !!! hinter dem geparkten Auto hervor. Kim und Marie schlenderten die Straße entlang, Franzi fuhr auf ihren Inlinern neben ihnen her.
Marie warf im Vorbeigehen einen Blick in den Kinderwagen. »Das ist aber ein süßes Baby!«, rief sie entzückt.
»Vielen Dank.« Frau Weidner zupfte lächelnd die rosafarbene Babydecke zurecht.

»Wie alt ist die Kleine denn?«, erkundigte sich Kim.
»Laura ist gestern sieben Monate geworden«, antwortete Frau Weidner stolz.
»Mein kleiner Bruder Finn ist ein Jahr alt«, erzählte Marie. »Er ist auch so süß wie Ihre Laura. Leider schläft er immer noch nicht durch. Tessa und Papa sind manchmal ganz schön genervt von seinem nächtlichen Geschrei.«
Frau Weidner nickte wissend. »Das kenne ich. Laura ist auch ziemlich nachtaktiv. Zum Glück nimmt mein Mann sie mir oft ab, damit ich schlafen kann.«
»Das ist aber nett von ihm«, sagte Franzi. »Ihr Mann ist bestimmt sehr stolz auf seine Tochter, oder?«
»Und ob!« Ein Strahlen erschien auf Frau Weidners Gesicht. »Joe liebt Laura über alles. Seit sie auf der Welt ist, ist er auch viel häuslicher geworden. Sogar das Motorradfahren hat er für sie aufgegeben, dabei konnte er früher gar nicht genug davon bekommen.«
»Tatsächlich?« Franzi versuchte, ihre Überraschung zu verbergen.
»Das ist ihm sicher nicht leichtgefallen, oder?«, fragte Kim.
»Nein«, gab Frau Weidner zu. »Er war früher sogar Vorsitzender des Motorradclubs. Aber die Zeiten sind vorbei.« Sie schien darüber nicht gerade unglücklich zu sein. »Ehrlich gesagt ist mir das auch ganz lieb. Motorradfahren ist sowieso ein viel zu gefährliches Hobby für einen Familienvater.«
»Da haben Sie vermutlich recht«, sagte Marie verständnisvoll. Sie winkte der kleinen Laura noch einmal zu. »Tschüss, du süße Maus!«
Das Baby quietschte vergnügt.

»Einen schönen Tag noch«, wünschte Frau Weidner und schob mit dem Kinderwagen davon.
Die drei !!! blieben nachdenklich zurück.
»Denkt ihr, was ich denke?«, fragte Kim.
Franzi nickte. »Joe Weidner hat Geheimnisse vor seiner Frau.«
»Die Ärmste hat keine Ahnung, was ihr Mann hinter ihrem Rücken treibt«, stellte Marie fest. Sie schüttelte den Kopf. »Ich sag's ja immer: Männer!«

Verräterische Stimmen

Die drei !!! beobachteten das Haus im Rotkehlchenweg 11 noch eine Weile, aber es geschah nicht mehr viel. Joe Weidner kehrte von seinem Samstagseinkauf zurück und trug den schweren Einkaufskorb sowie mehrere prall gefüllte Tüten ins Haus. Kurze Zeit später kam auch seine Frau mit Laura von ihrem Spaziergang nach Hause. Die Tür schloss sich hinter der kleinen Familie und das einzige Lebenszeichen war der Geruch nach Pfannkuchen, der durch das gekippte Küchenfenster zu den Detektivinnen nach draußen zog.
Kims Magen knurrte. »Ich hab Hunger!«
Franzi sah auf die Uhr. »Kurz vor zwölf. Lasst uns für heute Schluss machen und etwas essen. Hier passiert sowieso nichts mehr.«
»Stimmt.« Marie nickte. »Gleich essen sie ihre Pfannkuchen und dann macht die ganze Familie bestimmt einen Mittagsschlaf. Nachmittags gibt es Kaffee und Kuchen und abends einen schönen Film im Fernsehen. Gähn!«
»Ob Joe Weidner heute Nacht wieder den Roten Rächer spielt?«, überlegte Franzi, während sie Kim und Marie zu ihren Fahrrädern begleitete.
»Ich kann mir das irgendwie gar nicht mehr vorstellen«, meinte Kim. »Tagsüber braver Familienvater und nachts geheimnisvolles Motorrad-Phantom – das passt doch nicht zusammen.«
»Warum nicht?« Marie schloss ihr Rad auf. »Vielleicht braucht Joe Weidner manchmal ein bisschen Abwechslung

von seinem Leben als verantwortungsvoller Ehemann und Vater.«

»Ich weiß nicht …« Franzi wollte gerade auf ihren Skates losdüsen, da klingelte ihr Handy. »Wartet mal kurz.« Sie zog ihr Handy hervor und hielt es ans Ohr. »Ja?«

»Hallo, Franzi. Peters hier.«

»Hallo, Herr Kommissar! Sie haben wohl nie Wochenende, was?«

Peters lachte. »Nicht wirklich. Ich sagte ja schon, dass die Freizeit in meinem Job sehr überschaubar ist.«

»Was gibt's denn?«, fragte Franzi.

»Kannst du ins Präsidium kommen?«

»Jetzt gleich?«

»Das wäre toll. Ich würde gerne eine Gegenüberstellung mit dir machen. Gut möglich, dass wir den Mann gefasst haben, der dich überfallen hat.«

»Echt?«, rief Franzi. »Das wäre ja super! Wir sind gleich da.« Franzi beendete das Gespräch, bevor der Kommissar noch etwas sagen konnte. Aufgeregt erzählte sie ihren Freundinnen die Neuigkeiten. »Kommt ihr mit?«, fragte sie.

»Klar«, sagte Marie.

Auch Kim nickte. »Nichts wie los!«

Sensationelle fünfzehn Minuten später bremsten die drei !!! vor dem Polizeipräsidium. Franzi tauschte die Inliner schnell gegen ein Paar Sneakers, das sie aus ihrem Rucksack zog. In der Eingangshalle wurden sie schon von Birte Anders erwartet.

»Hallo, ihr drei!« Lächelnd kam die Praktikantin auf die De-

tektivinnen zu. »Toll, dass du so spontan kommen konntest, Franzi.«
»Kein Problem.« Franzi rieb sich die kalten Hände. »Wo ist er?«
»In einem speziellen Raum für Gegenüberstellungen«, antwortete Birte. »Keine Sorge, der Verdächtige kann dir nichts tun. Du siehst ihn, aber er sieht dich nicht.«
»Verstehe.« Die Kälte aus Franzis Händen breitete sich allmählich in ihrem ganzen Körper aus. Bei der Vorstellung, gleich dem Mann gegenüberzustehen, der sie überfallen hatte, schauderte sie.
Kim drückte Franzis Hand. »Wir sind bei dir«, sagte sie leise. »Du schaffst das schon.«
Franzi lächelte ihr dankbar zu.
Birte Anders führte die Detektivinnen durch die langen Korridore des Präsidiums. Die drei !!! folgten ihr etwas beklommen.
»Wie haben Sie es geschafft, ihn zu schnappen?«, erkundigte sich Marie, während sie eine große Glastür passierten.
»Der Verdächtige wurde gestern Abend von einer Streife aufgegriffen, kurz nachdem ein weiterer Überfall gemeldet worden war«, berichtete die Polizeianwärterin.
»Einfach so?«, wunderte sich Kim.
»Nein.« Ein kleines Lächeln huschte über das Gesicht von Peters' Assistentin. »Der Rote Rächer war hinter ihm her. Er hat ihn direkt in die Arme der Polizei getrieben.«
»Das gibt's doch nicht!« Franzi schüttelte den Kopf. »Langsam wird mir dieses Phantom echt unheimlich. Woher weiß es immer, wann und wo gerade ein Verbrechen passiert?«

»Vielleicht kann es hellsehen.« Marie kicherte nervös.

»Ich bin jedenfalls heilfroh, dass der Handtaschenräuber endlich gefasst ist«, sagte Birte Anders gut gelaunt.

»Warum sind Sie sich da so sicher?«, fragte Franzi. »Der Täter ist doch noch gar nicht identifiziert.«

Eine feine Röte überzog Birtes Gesicht. »Du hast natürlich völlig recht. Aber alle Indizien sprechen gegen ihn, deshalb hoffe ich einfach, dass wir den Richtigen erwischt haben.«

»Welche Indizien haben Sie gegen ihn in der Hand?«, fragte Kim.

»Erstens: Der Täter wurde nahe dem Überfallort aufgegriffen«, begann Birte Anders. »Zweitens: Die gestohlene Handtasche wurde ganz in der Nähe in einem Gebüsch gefunden. Der Täter muss sie weggeworfen haben, als er merkte, dass er verfolgt wurde. Drittens: Auf den Verdächtigen passt die Täterbeschreibung der Zeugen. Viertens: Er hat versucht, vor den Kollegen zu flüchten.«

»Hat er ein Tattoo an der Hand?«, wollte Franzi wissen.

Birte nickte. »Ein kleiner Kompass an der rechten Hand, genau wie du es beschrieben hast.«

»Aber er hat die Taten nicht gestanden?«, erkundigte sich Marie.

»Nein, er leugnet hartnäckig.« Birte Anders seufzte. »Deshalb soll jetzt die Gegenüberstellung Klarheit bringen. So, da wären wir.« Sie blieb vor einer grauen Tür stehen.

Die Tür öffnete sich und Kommissar Peters kam mit einer älteren Dame heraus.

»Frau Michalik!«, rief Franzi überrascht.

»Hallo, ihr drei.« Frau Michalik lächelte ihnen zu.

»Sie kennen die Mädchen?« Kommissar Peters zog eine Augenbraue hoch.
»Ja ... äh ... wir haben uns neulich im Park beim Gassigehen getroffen«, erklärte Kim schnell. »Unsere Hunde haben sich angefreundet. Wie geht es Fiffi?«
»Sehr gut!« Plötzlich hatte es Frau Michalik eilig. »Jetzt muss ich aber schnell nach Hause. Fiffi wartet bestimmt schon auf mich.« Sie verabschiedete sich und hastete davon.
Kommissar Peters warf den dreien einen scharfen Blick zu. »Komischer Zufall, dass ihr eine wichtige Zeugin kennt.«
»Ja, das Leben ist voller merkwürdiger Zufälle«, erwiderte Marie leichthin.
»Hat Frau Michalik den Täter erkannt?«, fragte Franzi.
»Leider nicht.« Kommissar Peters fuhr sich bekümmert durch seine ergrauten Haare. »Sie war sich nicht hundertprozentig sicher. Vielleicht haben wir ja jetzt mehr Glück. Darf ich bitten?« Er hielt Franzi galant die Tür auf.
»Du schaffst es, Franzi!« Marie und Kim reckten gleichzeitig ihre fest gedrückten Daumen in die Höhe, während Franzi den Raum betrat. Dann schloss sich die Tür hinter ihr und sie war mit Kommissar Peters allein.
Neugierig sah Franzi sich um. Sie befanden sich in einem kleinen, schmucklosen Zimmer. Außer einem Tisch und zwei Stühlen gab es kein Mobiliar. Auf dem Tisch stand ein silbernes Mikrofon. An der Wand gegenüber der Tür hing ein schwarzer Vorhang. Er war zugezogen.
»Bist du bereit?«, fragte Kommissar Peters.
Franzi nickte. Ihr Herz klopfte bis zum Hals. War sie wirklich bereit? Sie war sich nicht sicher, aber das spielte keine

Rolle. Franzi wollte diese unangenehme Situation einfach so schnell wie möglich hinter sich bringen.
Kommissar Peters zog den Vorhang zur Seite und Franzi wich unwillkürlich einen Schritt zurück. Hinter einer Glasscheibe standen fünf Männer an einer weißen Wand. Sie hatten kleine Schilder an ihren Jacken, auf denen die Zahlen Eins bis Fünf standen. Wäre die Scheibe nicht gewesen, hätte Franzi nur den Arm ausstrecken müssen, um sie zu berühren. Einer sah genau in ihre Richtung, aber sein Blick ging durch sie hindurch, als wäre sie ein Geist.
»Keine Sorge, sie können uns nicht sehen«, sagte Kommissar Peters beruhigend. »Auch nicht hören.«
»Okay.« Franzi atmete zitternd ein und versuchte, sich zu entspannen.
»Sieh dir die Männer genau an«, bat der Kommissar. »Lass dir Zeit. Wir haben es nicht eilig. Einer von ihnen ist der Verdächtige, die anderen sind Kollegen aus dem Präsidium. Wenn du so weit bist, sag mir bitte, ob du einen dieser Männer als denjenigen wiedererkennst, der dich überfallen hat.«
Franzi nickte. Sie begann auf der linken Seite und betrachtete einen Mann nach dem anderen. Alle waren ungefähr gleich groß. Sie trugen Jeans und dunkle Jacken mit Kapuzen, was die Sache nicht gerade einfacher machte. Die Gesichter und Frisuren sahen natürlich unterschiedlich aus, aber das half Franzi auch nicht weiter, weil sie Haare und Gesicht des Täters ja kaum gesehen hatte.
»Könnten die Männer vielleicht ihre Kapuzen aufsetzen?«, bat Franzi.
Kommissar Peters nickte. Er beugte sich zum Mikrofon hi-

nunter, drückte auf einen Schalter und sagte: »Bitte setzen Sie Ihre Kapuzen auf.« Die Aufforderung wurde per Lautsprecher in den Nebenraum übertragen und die Männer kamen ihr schweigend nach.

Noch einmal musterte Franzi einen Mann nach dem anderen. Hatte der Täter ein vorspringendes Kinn gehabt wie der Mann ganz rechts? Nummer 3 hatte stechend blaue Augen. Sein Blick war unangenehm, doch das war natürlich kein Beweis. Oder eine große Nase wie der Typ mit der Nummer 4?

Franzi versuchte, sich zu konzentrieren, aber ihre Erinnerung an den Täter war einfach zu nebelhaft. Das Einzige, was sie gestochen scharf im Gedächtnis hatte, war seine Hand mit dem Tattoo, die nach ihrem Rucksack griff. Und seine Stimme. Was hatte er noch mal gesagt, als er auf der Flucht vor dem Roten Rächer an ihr vorbeigesaust war?

Franzi schloss einen Moment die Augen und dachte angestrengt nach. Die heisere Stimme des Täters erklang wieder in ihrem Kopf.

Verdammter Verrückter!

Genau, das war es! *Verdammter Verrückter!* Franzis Herzschlag beschleunigte sich. Ob sie seine Stimme wiedererkennen würde? Einen Versuch war es wert …

»Könnten die Männer bitte etwas sagen?«, fragte Franzi aufgeregt.

»Natürlich.« Falls Franzis Bitte den Kommissar überraschte, ließ er es sich nicht anmerken. »Soll es etwas Bestimmtes sein?«

»*Verdammter Verrückter!*«, sagte Franzi.

Kommissar Peters beugte sich noch einmal über das Mikro. »Bitte sagen Sie nacheinander die Worte ›Verdammter Verrückter!‹. Nummer 1 fängt an.«
Franzis Mund war ganz trocken. Nervös knetete sie ihre Finger. Jetzt ging es ums Ganze. Alles hing von ihr ab.
Konzentrier dich, Franzi! Lass dich nicht ablenken!
Aber das war leichter gedacht als getan. Nummer 1 machte ein finsteres Gesicht, als er die Worte sprach.
»Verdammter Verrückter!«
Nummer 2 räusperte sich erst umständlich.
»Verdammter Verrückter!«
Nummer 3, der Typ mit dem stechenden Blick, kratzte sich am Ohr. Er trug einen silbernen Ohrring. Ob Polizisten im Dienst Ohrringe tragen durften? Wenn nicht, bedeutete das dann, dass er der Verdächtige war?
Konzentration, Franzi! Konzentration!
»Verdammter Verrückter!«
Auch diese Stimme löste keinerlei Erinnerung in Franzi aus. Jetzt war Nummer 4 an der Reihe.
»Verdammter Verrückter!«
Nein, seine Stimme war viel zu tief.
Nur noch ein Mann war übrig. Nummer 5. Er hatte seine Kapuze tief ins Gesicht gezogen, sodass Franzi seine Augen nicht sehen konnte. Er zögerte kurz. Dann öffnete er den Mund.
»Verdammter Verrückter!«
Franzi lief ein Schauer über den Rücken. Einen Moment herrschte völlige Leere in ihrem Kopf. Sie spürte wieder die Angst in ihrem Magen wie einen dicken Eisklumpen, sie

spürte die Kälte und den Wind und den Luftzug, als der Täter auf der Flucht vor dem Phantom an ihr vorbeigerast war.

Verdammter Verrückter!

Genauso hatte seine Stimme geklungen. Voller Wut und ein bisschen heiser.

»Das ist er!«, stieß Franzi hervor. »Das ist der Mann, der mich überfallen hat.«

»Nenn mir bitte die Nummer«, sagte der Kommissar.

»Nummer 5.« Franzi nickte langsam. »Es ist die Nummer 5.«

»Bist du sicher?«, fragte Kommissar Peters.

»Ganz sicher.«

Ein zufriedenes Lächeln huschte über das Gesicht des Kommissars. »Prima. Vielen Dank, Franzi.« Er zog den Vorhang vor das Fenster und führte Franzi hinaus.

Vor der Tür warteten Marie und Kim schon ungeduldig.

»Und?«, fragte Kim gespannt.

Franzi reckte den rechten Daumen in die Höhe.

»Du hast ihn erkannt?«, vergewisserte sich Marie.

Franzi nickte. »Eindeutig. Seine Stimme hat ihn verraten.«

»Das ist ja toll!« Marie fiel Franzi um den Hals und Kim klopfte ihr anerkennend auf den Rücken.

»Gut gemacht!« Auch Birte Anders strahlte über das ganze Gesicht.

»Nochmals herzlichen Dank.« Kommissar Peters reichte Franzi die Hand. »Du hast uns sehr geholfen.«

»Kommt der Mann jetzt ins Gefängnis?«, wollte Franzi wissen.

»Erst mal wird er dem Haftrichter vorgeführt«, erklärte Peters. »Der entscheidet, was bis zum Prozessbeginn mit ihm geschieht.«

»Dann ist der Fall also gelöst?«, fragte Marie.

Der Kommissar nickte. »Dank deiner Hilfe, Franzi. Jetzt müssen wir nur noch diesen Motorradfahrer aufspüren. Der sogenannte Rote Rächer wird von Nacht zu Nacht aggressiver.«

»Gibt es schon eine Spur?«, erkundigte sich Franzi so harmlos wie möglich.

»Leider nicht.« Peters versuchte, mit einem schiefen Lächeln Zuversicht zu verbreiten. »Aber früher oder später kriegen wir ihn.«

Die drei !!! wechselten einen schnellen Blick. Natürlich verrieten sie dem Kommissar nicht, dass sie dem Roten Rächer dicht auf den Fersen waren. Mit etwas Glück würden sie Joe Weidner noch im Lauf dieses Wochenendes als das Phantom identifizieren und ihn der Polizei auf dem Silbertablett servieren. Peters würde Augen machen!

»Ich bringe euch hinaus«, bot Birte Anders an.

»Das ist wirklich nicht nötig, wir finden den Weg«, sagte Marie.

Aber die Polizeianwärterin ließ sich nicht aufhalten. »Das mache ich doch gerne«, versicherte sie und ging voraus.

Die drei !!! verabschiedeten sich von Kommissar Peters und folgten ihr.

»Ich bin wirklich froh, dass du den Handtaschenräuber eindeutig identifizieren konntest.« Birte lächelte Franzi zu. »Oft müssen wir Verbrecher, von deren Schuld wir überzeugt sind, wieder laufen lassen, weil die Beweislage nicht wasserdicht ist. Oder es steht zu wenig Personal zur Verfügung, um dringend nötige Überwachungen durchzuführen.«

»Das ist bestimmt ganz schön frustrierend, was?«, fragte Kim.

Birte Anders nickte. »Allerdings. Die Verbrecher lachen sich ins Fäustchen und wir sind die Dummen.« Sie sah plötzlich müde aus.

»Aber der Handtaschenräuber wird nun zumindest keine Leute mehr überfallen«, erinnerte sie Kim.

Die Praktikantin rang sich ein Lächeln ab. »Stimmt! So gesehen ist heute ein guter Tag für uns.« Sie hatten die Eingangshalle erreicht und Birte Anders reichte den Detektivinnen die Hand. »Danke für eure Hilfe! Vielleicht sieht man sich mal wieder.«

»Das wäre schön«, sagte Franzi.

Die drei !!! verabschiedeten sich und verließen das Präsidium.

Ein überraschendes Geständnis

»Auf Franzi, die beste Zeugin aller Zeiten!« Kim hielt ihren Kakaobecher in die Höhe.
»Darauf, dass die Straßen der Stadt wieder sicher sind«, sagte Marie.
»Auf einen guten Tag für die Polizeiarbeit!« Franzi griff nach ihrem Becher und die drei !!! stießen an.
Nach der Gegenüberstellung im Präsidium waren die Detektivinnen zu einem schnellen Mittagessen nach Hause gefahren und hatten sich für den Nachmittag im *Café Lomo* verabredet, um den gelösten Fall zu feiern. Hier saßen sie nun bei heißem *Kakao Spezial*, dem absoluten Lieblingsgetränk der drei !!!.
»Schade, dass wir es nicht waren, die den Handtaschenräuber gefasst haben«, sagte Franzi bedauernd. »Ich hätte ihn zu gern persönlich der Polizei übergeben.«
»Ich gönne Kommissar Peters den Erfolg«, meinte Kim großzügig. »Ab und zu braucht er schließlich auch mal ein positives Erlebnis.«
»Stimmt.« Marie kicherte. »Sonst verzweifelt der Arme noch völlig.« Sie trank einen Schluck Kakao. »Außerdem hast du ja deinen Teil zur Überführung des Täters beigetragen, Franzi.«
»Genau.« Kim nickte eifrig. »Ohne dich hätten sie den Kerl glatt wieder laufen lassen müssen.«
Franzi lehnte sich zufrieden zurück. Seit die Gegenüberstellung hinter ihr lag, fühlte sie sich, als wäre ein schweres

Gewicht von ihren Schultern gefallen. Erst jetzt merkte sie, wie sehr die Vorstellung sie bedrückt hatte, dass der Handtaschenräuber frei herumlief und weiter sein Unwesen trieb. Gut, dass das vorbei war!

»Nun müssen wir nur noch den Roten Rächer stellen«, sagte Marie.

Kim pustete nachdenklich in ihren dampfenden Kakao, der köstlich nach Vanille duftete. »Findet ihr es nicht auch merkwürdig, dass das Phantom immer Verbrecher jagt, die die Polizei schon länger im Visier hat?«

»Stimmt.« Franzi nickte. »Die Sprayer wurden schon seit einer Weile gesucht, genauso wie die Einbrecherbande und der Handtaschenräuber.«

»Woher hat das Phantom diese Informationen?«, überlegte Kim laut.

»Vielleicht aus der Zeitung?«, schlug Marie vor.

Franzi schüttelte den Kopf. »Von den Sprayern stand nichts in der Zeitung.«

»Dann muss der Rote Rächer Beziehungen zur Polizei haben«, vermutete Marie. »Vielleicht hat er einen Informanten, der ihn mit Tipps versorgt.«

»Nehmen wir mal an, Joe Weidner ist das Phantom«, sagte Kim langsam. »Könnte es sein, dass er jemanden bei der Polizei kennt?«

Franzi zuckte mit den Schultern. »Warum nicht? Ein Nachbar vielleicht oder ein Freund.«

»Was haltet ihr davon, wenn wir dem Motorradclub nachher noch einen Besuch abstatten?«, fragte Marie. »Am Samstagnachmittag ist dort bestimmt mehr los als unter der Woche.

Vielleicht haben wir ja Glück und Joe Weidner taucht auch auf.«
»Gute Idee.« Kim nickte. »Aber erst brauche ich noch eine Extraportion Schokolade.« Sie winkte der Bedienung. »Sabrina, einen großen Schokomuffin, bitte!«
»Ich nehme auch einen«, sagte Marie.
»Dann bring doch bitte gleich drei Muffins, Sabrina.« Franzi grinste. »Eine Extraportion Schokolade kann schließlich nie schaden, oder?«
Kim grinste zurück. »Du sagst es!«

Es war später Nachmittag, als die Detektivinnen vor dem Clubhaus des *MC Black Riders* von ihren Rädern stiegen. Die Dämmerung hatte bereits eingesetzt. Auf dem Hof parkten jede Menge Motorräder und das Licht aus dem hell erleuchteten Clubraum fiel durch das schmutzige Fenster auf die rissigen Pflastersteine.
»Mal sehen, wer alles da ist.« Franzi näherte sich auf leisen Sohlen dem Fenster und sah hindurch, immer darauf bedacht, sofort den Rückzug anzutreten, sobald sie jemand entdeckte.
Aber die Vorsicht hätte sie sich sparen können. Die Leute im Clubraum achteten überhaupt nicht auf sie. Es war eine bunte Mischung aus Männern unterschiedlichen Alters. Auch Frauen waren dabei. Die meisten trugen Lederklamotten, viele hatten die Kutte mit dem Vereinslogo an. Aus den Boxen einer Stereoanlage dröhnte Musik. Die Club-Mitglieder standen in kleinen Gruppen herum, stießen miteinander an und unterhielten sich. Soweit Franzi es aus den Gesprächs-

fetzen entnehmen konnte, die durch das gekippte Fenster nach draußen drangen, drehten sich die Gespräche um Motorräder, Ersatzteile und die besten Strecken zum Motorradfahren.

»Dahinten ist dieser Eddie«, sagte Marie leise.

»Tommi ist auch da«, stellte Kim fest. »Und der Pferdeschwanz-Typ.«

»Seht ihr Joe Weidner irgendwo?«, fragte Franzi.

Kim und Marie schüttelten synchron die Köpfe.

»Wahrscheinlich verbringt er den Samstagnachmittag mit seiner Familie«, vermutete Kim.

»Ich weiß nicht ...« Franzi wiegte den Kopf hin und her. »Irgendwie glaube ich, dass er noch auftaucht. Schließlich hat er den ganzen Tag mit seiner Familie verbracht, da braucht er sicher einen kleinen Ausgleich.«

»Sollen wir warten?«, fragte Marie.

Kim zuckte mit den Schultern. »Keine Ahnung ...«

Franzi drehte sich um und schaute die Straße hinauf und hinunter. Joe Weidner war zwar nirgendwo zu sehen, dafür entdeckte sie etwas anderes. Ihr Blick blieb an einem Auto hängen, das in einiger Entfernung auf der gegenüberliegenden Straßenseite parkte. Es kam ihr bekannt vor.

»Seht mal!« Franzi nickte zu dem Wagen hinüber. »Ist das nicht der Kombi von Weidners?«

»Wo?« Marie runzelte die Stirn. »Schon möglich. Die hatten auch so eine blaue Familienkutsche.«

»Moment, das haben wir gleich.« Kim lief über die Straße, warf einen Blick auf das Nummernschild, kam wieder zurück und zückte ihr Detektivtagebuch für unterwegs, ein altes Heft mit Eselsohren, ohne das sie grundsätzlich nicht das Haus verließ. Sie blätterte darin herum und tippte schließlich triumphierend auf eine bestimmte Stelle. »Hier ist sie!«

»Was?«, fragte Franzi.

»Die Autonummer von Joe Weidner«, erklärte Kim. »Ich habe sie mir heute Vormittag notiert, für alle Fälle. Sie stimmt mit der des blauen Kombis dort drüben überein. Es ist also tatsächlich Weidners Wagen.«

»Kim, du bist genial!« Franzi sah ihre Freundin kopfschüttelnd an.

»Ach was.« Kim winkte bescheiden ab. »Das ist doch reine Routinearbeit.«

»Dann ist Weidner also doch hier«, schlussfolgerte Marie. »Fragt sich nur, wo er steckt.«

»Vielleicht ist er gerade auf seiner Maschine in der Stadt unterwegs, um die nächsten Verbrecher zu stellen«, überlegte Franzi. »Könnte doch sein, dass er nach seinem Erfolg gestern auf den Geschmack gekommen ist.«

»Gut möglich. Und wenn er zurückkommt, erwarten wir ihn schon.« Kim rieb sich die Hände. »Heute schnappen wir uns den Roten Rächer!«

Die drei !!! versteckten sich wieder hinter den Mülltonnen des Nachbarhauses. Es war inzwischen ganz dunkel geworden und der Lärm aus dem Clubhaus wurde lauter. Die Club-Mitglieder schienen sich glänzend zu amüsieren. Ganz im Gegensatz zu den drei !!!, denen die abendliche Novemberkälte allmählich in die Knochen kroch.

»Wo treibt sich der Kerl bloß herum?«, schimpfte Marie.

»Langsam kriege ich kalte Füße.« Sie hüpfte ein paarmal auf und ab.
»Bleib in Deckung, Marie!«, zischte Kim.
»Ach was, ist doch sowieso niemand da, der mich sehen könnte«, erwiderte Marie.
Tatsächlich war die Alte Bahnhofstraße bei dem ungemütlichen Wetter wie leer gefegt. Nur die Kioskbesitzerin schloss auf der anderen Straßenseite gerade ihren Laden ab. Während Franzi überlegte, ob sie die Überwachung abbrechen und zum Abendessen nach Hause fahren sollten, drang leises Motorengeräusch an ihr Ohr. Es wurde lauter und am Ende der Straße tauchte ein Motorrad auf.
Franzi stieß Marie an. »Runter!«
Marie duckte sich hinter die Mülltonnen und die drei !!! beobachteten gespannt das Motorrad, das sich in gemächlichem Tempo näherte. War es derjenige, auf den sie warteten? War es Joe Weidner? War es der Rote Rächer?
»Das ist er!«, flüsterte Kim aufgeregt.
Jetzt erkannte auch Franzi die rote Maschine des Club-Chefs. Hatte er wieder Verbrecher gejagt? Das Motorrad bog auf den Hof ein und verschwand in der Garage.
»Hinterher!«, zischte Marie.
Die drei !!! rannten los. Doch als sie die Garage betraten, war dort niemand. Der große Raum war leer.
»Wo ist er?«, fragte Franzi leise.
Aus einem Nebenraum ertönte ein Rascheln, dann ein ratschendes Geräusch. Es klang wie ein Reißverschluss, der aufgezogen wird. Die Detektivinnen schlichen auf leisen Sohlen zu einer Stahltür hinüber, die nur angelehnt war. Franzi lug-

te durch den Spalt. Sie erblickte Joe Weidner, der gerade seinen Helm abgenommen und seine Lederjacke geöffnet hatte. Neben ihm stand die rote Maschine.
»Wie wär's mit einem kleinen Überraschungsangriff?«, flüsterte Marie.
Kim und Franzi nickten. Manchmal war es keine schlechte Taktik, den Verdächtigen einfach zu überrumpeln. Oft fiel den Leuten auf die Schnelle keine gute Ausrede ein und sie gaben alles zu. Vielleicht hatten sie mit dieser Methode ja auch bei Joe Weidner Glück.
Marie riss die Stahltür auf und die drei !!! marschierten in den Nebenraum.
»Erwischt!«, rief Marie triumphierend. »Hier verstecken Sie also Ihr Motorrad, das Sie angeblich gar nicht haben.«
Joe Weidner, der gerade dabei war, eine schwarze Plastikplane über seine Maschine zu ziehen, hielt mitten in der Bewegung inne und starrte die Detektivinnen überrascht an. »Was … was macht ihr denn hier?«, stammelte er.
»Wir haben Ihr Geheimnis gelüftet«, sagte Kim.
»Leugnen ist zwecklos«, fügte Franzi hinzu.
Joe Weidner wurde blass. »Was soll das heißen?«
»Wir wissen alles«, sagte Marie knapp.
Der Club-Chef ließ die Plane los. »Was verlangt ihr?«
»Verlangen?«, fragte Kim verwirrt.
»Was verlangt ihr für euer Schweigen?«, präzisierte Joe Weidner. »Darum geht's doch, oder? Ihr spioniert mir nach, um mich zu erpressen. Ein gefährliches Spiel übrigens, das ihr da treibt. Ihr habt Glück, dass ich so ein friedfertiger Mensch bin.«

»Wir wollen Sie nicht erpressen!«, rief Franzi empört. »Und wir sind auch nicht käuflich.«
»Wir sind Detektivinnen und absolut unbestechlich.« Marie reichte Joe Weidner ihre Visitenkarte.
»Gehen Sie mit uns zur Polizei«, sagte Kim. »Diese Geschichte muss endlich ein Ende haben.«
»Zur Polizei?« Jetzt war es Joe Weidner, der ein verwirrtes Gesicht machte. »Was soll ich denn da? Mich festnehmen lassen, damit sie mich nicht findet?«
»Wieso finden? Wer?« Franzi schüttelte den Kopf. »Ich glaube, wir reden komplett aneinander vorbei.«
Doch Joe Weidner hatte gar nicht zugehört. »Sarah wird supersauer sein, wenn sie die Wahrheit erfährt. Sie reißt mir den Kopf ab.«
»Sarah?«, fragte Marie.
»Meine Frau.« Weidner nestelte nervös am Reißverschluss seiner Jacke. »Sie war so glücklich, als ich ihr nach der Geburt unserer Tochter versprochen habe, mit dem Motorradfahren Schluss zu machen. Ich wollte das Motorrad verkaufen und die Leitung des Clubs abgeben, um mehr Zeit für die Familie zu haben. Sarah fand mein Hobby schon immer viel zu gefährlich. Sie hatte jedes Mal, wenn ich unterwegs war, furchtbare Angst, dass ich einen Unfall baue.«
»Und dann?«, hakte Franzi nach. Allmählich dämmerte ihr, dass es hier um etwas völlig anderes ging. Am besten, sie ließen Joe Weidner einfach reden. So würden sie am ehesten erfahren, was gespielt wurde.
Weidner seufzte. »Ich habe den Verkauf immer wieder aufgeschoben. Irgendwann musste ich mir eingestehen, dass ich

mich doch nicht von meiner Maschine trennen kann. Aber das konnte ich Sarah doch nicht sagen! Sie war mit dem Baby sowieso gerade total im Stress. Sie wäre garantiert ausgerastet. Also hab ich einfach so getan, als hätte ich die Maschine tatsächlich verkauft.«

»Doch in Wirklichkeit haben Sie sie hier versteckt«, kombinierte Kim.

»Richtig.« Joe Weidner starrte zu Boden. »Ab und zu komme ich her und drehe eine Runde, um der alten Zeiten willen. Sarah darf auf keinen Fall davon erfahren, hört ihr?«

Franzi war baff. Kim und Marie sahen nicht weniger überrascht aus.

»*Das* ist also Ihr Geheimnis?«, fragte Kim. »Mehr steckt nicht dahinter?«

Joe Weidner zuckte mit den Schultern. »Das reicht doch, oder? Was dachtet ihr denn?«

»Wir dachten, Sie sind der Rote Rächer«, erklärte Marie.

»Dieser Kerl, der seit einiger Zeit die Stadt auf seinem Motorrad unsicher macht?« Joe Weidner musste lachen. »So ein Unsinn! Wie kommt ihr denn darauf?«

»Na ja, Sie haben auch ein rotes Motorrad«, sagte Franzi. »Außerdem haben Sie sich ziemlich verdächtig benommen, als wir Ihnen das Foto gezeigt haben.«

Weidner kratzte sich am Kinn. »Ich wollte nicht, dass ihr hinter mein Geheimnis kommt. Aber mit diesem Roten Rächer habe ich nichts zu tun. Ich muss mich nachts um meine Tochter kümmern. Das kann meine Frau übrigens bestätigen.«

Die drei !!! wechselten einen frustrierten Blick. Sie waren die ganze Zeit auf der falschen Fährte gewesen. Joe Weidner war nicht der Rote Rächer. Er hatte ein wasserdichtes Alibi: seine nachtaktive Tochter!

»So was Blödes«, murmelte Franzi. »Jetzt müssen wir noch mal ganz von vorne anfangen.«

Kim zog das Foto des Phantoms aus der Tasche und reichte es Herrn Weidner. »Könnten Sie sich das Bild bitte noch einmal ganz genau anschauen? Vielleicht erkennen Sie die Maschine ja doch wieder.«

Joe Weidner nahm das Foto und betrachtete es aufmerksam. Dann schüttelte er langsam den Kopf. »Nein, die Maschine kenne ich nicht. So ein Modell fährt niemand aus dem Club.« Er wollte Kim das Bild zurückgeben, da blieb sein Blick an etwas hängen. Ein Lächeln huschte über sein Gesicht. »Na, so was! Der Rote Rächer scheint einen guten Musikgeschmack zu haben. Er ist offenbar Fan der *Hell Boys*.«

Franzi runzelte die Stirn. »*Hell Boys?* Nie gehört. Ist das eine Band?«

Weidner nickte. »Und zwar eine sehr gute. Die beste Heavy-Metal-Band, die es zurzeit gibt. Ich bin selbst ein Fan von ihnen. Sie sind noch nicht besonders bekannt, ein echter Geheimtipp. Aber ich sag's euch, die werden bald ihren großen Durchbruch haben.« Er tippte auf das kleine Symbol, das sich hinten auf dem Helm befand. »Der Stern mit dem Blitz ist ihr Band-Symbol.«

»Das ist ja interessant.« Kim griff nach dem Foto und steckte es ein. »Wir haben uns schon den Kopf zerbrochen, was dieses merkwürdige Zeichen für eine Bedeutung hat.«

»Danke für den Hinweis«, sagte Marie.
»Gern geschehen.« Joe Weidner zog die restliche Plastikplane über sein Motorrad.
Kim sah den Club-Chef nachdenklich an. »Ich will mich wirklich nicht in Ihre Privatangelegenheiten einmischen«, begann sie zögernd. »Aber wenn Sie mich fragen, sollten Sie Ihrer Frau so schnell wie möglich die Wahrheit sagen.«
Joe Weidner sackte in sich zusammen. »Das kann ich nicht!«
»So schlimm wird es schon nicht werden«, meinte Franzi.
»Außerdem kommt die Sache sowieso irgendwann raus«, fügte Marie hinzu. »Es ist besser, sie erfährt es von Ihnen als von jemand anderem. Dann gibt es richtig Ärger.«
»Das stimmt natürlich.« Joe Weidner verzog das Gesicht, als hätte er Zahnschmerzen. »Trotzdem …«
»Sie finden bestimmt einen Kompromiss, mit dem Sie beide leben können«, sagte Kim.
Joe Weidner stieß einen tiefen Seufzer aus. »Du hast recht. Ich wollte meiner Frau sowieso längst die Wahrheit sagen, aber mich hat immer im letzten Moment der Mut verlassen. Vielleicht ist es ja ein Wink des Schicksals, dass ihr mir auf die Schliche gekommen seid. Ich werde die Angelegenheit noch heute Abend klären.«
»Viel Erfolg«, wünschte Kim.
»Danke«, sagte Weidner. »Euch viel Glück bei der Suche nach dem Roten Rächer.«
»Das können wir brauchen«, antwortete Franzi düster. »Jetzt tappen wir wieder völlig im Dunkeln.«

Fast wie bei James Bond

In gedrückter Stimmung kehrten die Detektivinnen zu ihren Fahrrädern zurück.
»So ein Mist!«, schimpfte Marie. »Wir haben uns in die Irre führen lassen. Ich darf gar nicht daran denken, wie viel Zeit wir mit Joe Weidner verplempert haben.«
»Wir konnten doch nicht wissen, dass sein Geheimnis gar keinen kriminellen Hintergrund hat«, sagte Kim.
Franzi schüttelte den Kopf. »Ganz schön heftig, dass er seine Frau monatelang angelogen hat. An seiner Stelle hätte ich auch Angst davor, ihr die Wahrheit zu sagen.«
»Auf der Suche nach dem Roten Rächer sind wir jedenfalls keinen Schritt weitergekommen.« Verärgert zog Marie ihren Fahrradschlüssel aus der Manteltasche. »Mir reicht's für heute. Ich fahre jetzt nach Hause und mache es mir vor dem Fernseher gemütlich.«
»Ich schätze, wir können alle drei eine Pause gebrauchen«, stellte Franzi fest. »Lasst uns morgen einen freien Sonntag einlegen. Nächste Woche ermitteln wir mit neuen Kräften weiter.«
»Einverstanden.« Kim nickte. »Immerhin haben wir schon zwei Anhaltspunkte. Wir wissen jetzt mit Sicherheit, dass das Phantom nicht zu den *Black Riders* gehört, und wir wissen, dass es Fan einer Heavy-Metal-Band namens *Hell Boys* ist.«
»Wie gut, dass Joe Weidner die Band kennt«, sagte Marie. »Ich hab noch nie von denen gehört.«
»Ich auch nicht.« Kim schloss ihr Fahrrad auf. »Aber ich wer-

de zu Hause ein bisschen im Internet recherchieren. Vielleicht finde ich etwas heraus, das uns weiterbringt.«

»Wenn ich nur wüsste, wo ich dieses Symbol schon mal gesehen habe …«, murmelte Franzi. »Kann ich das Foto noch mal haben?«

»Klar.« Kim reichte ihr den Ausdruck.

Franzi betrachtete das Bild im Schein einer Straßenlaterne. »Ich weiß, dass mir dieser silberne Stern bekannt vorkommt. Aber woher?« Sie kniff die Augen zusammen und dachte angestrengt nach. Plötzlich zuckte eine Erinnerung durch ihren Kopf. »Ich hab's!«

»Erzähl schon.« Marie trat ungeduldig von einem Fuß auf den anderen. »Ich will nach Hause.«

»Das Symbol war auf dem Kaffeebecher von Birte Anders«, sagte Franzi triumphierend.

Kim runzelte die Stirn. »Bist du sicher?«

Franzi nickte. »Es ist mir aufgefallen, als wir letzten Sonntag zur Zeugenaussage im Präsidium waren und in Kommissar Peters' Büro mit ihr Kaffee getrunken haben. Ich habe mich damals schon gefragt, was das für ein komisches Zeichen ist. Aber dann hab ich's wieder vergessen.«

»Birte Anders ist Fan der *Hell Boys*?«, wunderte sich Marie. »Ich hätte gar nicht gedacht, dass sie Heavy Metal hört.«

»Ich auch nicht.« Kim machte ein nachdenkliches Gesicht. »Was bedeutet das? Ist es Zufall, dass Birte Anders und der Rote Rächer Fan derselben Band sind?«

»Möglich ist alles«, sagte Marie. »Andererseits wäre es schon ein ziemlich seltsamer Zufall. Zumal die Band laut Joe Weidner ein absoluter Geheimtipp ist.«

»Der Rote Rächer verfügt vermutlich über interne Polizeiinformationen, an die Birte Anders natürlich leicht herankommt«, überlegte Kim weiter. »Was, wenn *sie* die Kontaktperson des Phantoms ist?«

»Vielleicht hat sie den Roten Rächer bei einem Konzert der *Hell Boys* kennengelernt«, sagte Franzi aufgeregt. »Oder Birte Anders hat Kontakte in die Bikerszene und die beiden haben sich dort getroffen.«

»Fährt Birte Motorrad?«, fragte Marie.

Kim und Franzi zuckten mit den Schultern.

»Das müssen wir sofort klären.« Hastig zückte Kim ihr Handy und rief Kommissar Peters an. Zum Glück war der Kommissar noch in seinem Büro.

»Hallo, Kim, was gibt's?«, fragte Peters. »Ich wollte gerade nach Hause gehen.«

»Ich hab nur eine kurze Frage«, sagte Kim atemlos. »Fährt Ihre Assistentin Motorrad?«

»Birte?« Der Kommissar überlegte kurz. »Ja, ich glaube, sie hat mal erwähnt, dass sie einen Motorradführerschein hat.«

»Wissen Sie zufällig, ob sie eine eigene Maschine besitzt?«

»Nein, leider nicht. Ich würde Birte ja fragen, aber sie hat vor einer Minute Feierabend gemacht. Warum möchtest du das denn wissen, Kim?«

»Ach, nur so«, antwortete Kim schnell. »Ist nicht so wichtig. Jetzt will ich Sie auch nicht länger aufhalten. Einen schönen Abend noch!« Kim legte auf, ehe der Kommissar weitere unangenehme Fragen stellen konnte.

»Birte fährt Motorrad und sie hat gerade das Büro verlassen«, berichtete Kim, während sie ihr Handy wegsteckte.

»Nichts wie los!«, rief Franzi. »Vielleicht erwischen wir sie noch.«
Die drei !!! sprangen auf ihre Räder und traten kräftig in die Pedale. Das Polizeipräsidium befand sich nicht weit vom Bahnhof in der Innenstadt. Schon nach wenigen Minuten kam das große Gebäude in Sicht. Die Detektivinnen hatten Glück: Als sie um die Ecke bogen, öffnete sich gerade die Eingangstür und eine zierliche Gestalt trat heraus.
»Da ist sie!« Franzi bremste. Aus sicherer Entfernung beobachteten die drei !!!, wie Birte Anders ihren Mantel zuknöpfte und in die entgegengesetzte Richtung davonging.
»Hinterher!«, zischte Marie. »Mal sehen, was sie vorhat.«
»Vielleicht trifft sie sich ja mit dem Phantom, um ihm neue Informationen über gesuchte Verbrecher zu liefern«, vermutete Franzi. »Es wäre doch super, wenn wir die beiden in flagranti erwischen würden, oder?«
»Abwarten«, sagte Kim skeptisch. »Ich glaube nicht, dass es so einfach ist.«
Die Detektivinnen ließen ihre Räder vor dem Präsidium stehen und folgten der Polizeianwärterin zu Fuß. Sie ging zügig und drehte sich kein einziges Mal um.
»Die hat ein ganz bestimmtes Ziel«, murmelte Franzi.
Nach einer Weile gelangten sie in ein Wohnviertel mit mehrstöckigen Mietshäusern. Die Straßen wurden ruhiger, was es nicht gerade leichter machte, die Zielperson unauffällig zu beschatten. Die drei !!! ließen sich weiter zurückfallen, jederzeit darauf gefasst, hinter einem Stromkasten, einem Auto oder einer Litfaßsäule Deckung suchen zu müssen.
»Ich kenne die Ecke hier«, sagte Franzi leise. »Stefan wohnt

nur ein paar Straßen weiter.« Franzi besuchte ihren Bruder manchmal in seiner WG, die er sich mit seinem etwas chaotischen Mitbewohner Hanno teilte. Auch Kim und Marie waren schon mehrmals bei Stefan gewesen.

»Stimmt!« Kim nickte. »Die Gegend kam mir gleich so bekannt vor.«

»Was will Birte hier?«, überlegte Marie.

»Vielleicht wohnt sie irgendwo in der Nähe«, vermutete Franzi. »Oder sie will jemanden besuchen.«

Birte Anders bog in eine schmale Seitenstraße ein, die in einer Sackgasse endete. Hier gab es nur eine einzige Laterne, deren Schein längst nicht ausreichte, um alles zu erhellen. Außerhalb ihres Lichtkegels lauerten dunkle Schatten. Birtes Schritte hallten gleichmäßig zwischen den Häusern wider. Falls sie in dieser düsteren Gegend Angst hatte, ließ sie es sich nicht anmerken. Vielleicht fühlte sie sich als angehende Polizistin auch bei Dunkelheit sicher. Ganz im Gegensatz zu Franzi, die ein ziemlich mulmiges Gefühl in der Magengegend hatte. Freiwillig hätte sie diese schlecht beleuchtete Sackgasse nie im Leben betreten.

Auch Kim sah wenig begeistert aus. »Was hat sie nur vor?«, flüsterte sie unwillig.

»Das werden wir gleich herausfinden.« Marie huschte auf leisen Sohlen weiter, Kim und Franzi hinterher.

Die Häuser waren weniger gepflegt als in den angrenzenden Straßen. Einförmige, schmutzig graue Betonbauten ragten in den schwarzen Nachthimmel, die Fassaden waren voller Graffitis.

Birte Anders verschwand in einem Hinterhof, in dem sich

zahlreiche Garagen aneinanderreihten. Von den schwarz gestrichenen Toren blätterte die Farbe ab, auch sie waren mit bunten Graffitis versehen. In einer Ecke des Hofes standen ein paar Jugendliche, quatschten, rauchten und spielten mit ihren Handys. Birte Anders beachtete sie nicht. Sie steuerte die zweite Garage von links an, schloss auf und verschwand darin.

Die drei !!! blieben im Schatten einer verkrüppelten Weißdornhecke stehen, die wahrscheinlich irgendwann gepflanzt worden war, um dieses trostlose Wohngebiet etwas zu verschönern. Jetzt lagen auf dem Boden Zigarettenkippen, leere Coladosen und anderer Müll herum und in den Zweigen hingen Zeitungsfetzen und schmuddelige Taschentücher.

»Merkwürdiger Ort, um sich mit jemandem zu treffen«, murmelte Marie.

»Wieso?« Franzi ließ die Garage nicht aus den Augen. »Wenn man ungestört sein will, ist es hier doch genau richtig.«

»Stimmt auch wieder«, gab Marie zu. »Meint ihr, das Phantom wartet in der Garage auf Birte?«

»Schon möglich«, sagte Kim mit gedämpfter Stimme, um nicht die Aufmerksamkeit der Jugendlichen auf sich zu ziehen. Zwei Jungs hatten angefangen, sich gegenseitig zu schubsen. Die anderen schauten zu und lachten. »Vielleicht hat der Rote Rächer hier sein Motorrad versteckt. Erst versorgt Birte ihn mit den nötigen Insider-Informationen und anschließend geht er gezielt auf Verbrecherjagd.«

»Klingt logisch«, sagte Franzi. »Schade, dass wir nicht näher herangehen können.«

»Keine Chance.« Kim schüttelte den Kopf. »Ich hab keine Lust, diesen Typen dort in die Arme zu laufen.«

»Außerdem ist das Garagentor geschlossen«, sagte Marie. »Wir würden vermutlich sowieso nichts von dem Gespräch hören.«
»Verflixter Mist!«, fluchte Franzi leise. »Was machen wir jetzt?«
»Wir warten, bis das Phantom herauskommt«, schlug Marie vor. »Dann verfolgen wir es.«
»Zu Fuß?«, fragte Franzi spöttisch. »Wie soll das denn gehen?«
»Wir brauchen ein Auto«, sagte Kim. »Das ist unsere einzige Chance.«
»Ich könnte ein Taxi bestellen«, meinte Marie. Ihr Vater versorgte sie mit reichlich Taschengeld, sodass Marie finanziell stets gut gestellt war.
»Bis das Taxi hier ist, ist der Rote Rächer längst über alle Berge. Außerdem ist das viel zu teuer.« Franzi zückte ihr Handy. »Ich hab eine bessere Idee.« Sie suchte in Windeseile eine Nummer heraus und hielt sich das Handy ans Ohr. »Stefan? Ich bin's, Franzi. Wir brauchen deine Hilfe … Ich kann dir das jetzt nicht so schnell erklären, aber es ist wirklich dringend. Kannst du dich ins Auto setzen und herkommen? … Ja, jetzt sofort. So schnell wie möglich!« Franzi gab die Adresse durch und beendete das Gespräch. Sie grinste erleichtert. »Stefan wird gleich hier sein.«
»Super!« Kim klopfte Franzi auf die Schulter. »Auf deinen Bruder ist wirklich Verlass.«
»Ein Glück, dass er gleich um die Ecke wohnt«, sagte Marie.
»Allerdings.« Franzi nickte.
Die nächsten Minuten verbrachten die Detektivinnen in an-

gespanntem Schweigen. Franzi war so nervös, dass sie kaum stillstehen konnte. Würde Stefan rechtzeitig hier sein? War der Rote Rächer wirklich in der Garage? Würden sie ihn heute Abend fassen?

Die Jugendlichen zogen grölend weiter. Stille senkte sich über den Hof. Plötzlich ertönte ein Quietschen. Im Zeitlupentempo öffnete sich das Tor der zweiten Garage von links. Ein Motor heulte auf. Aus der Dunkelheit schoss ein Motorrad ins Freie. Es blieb knatternd auf dem Hof stehen. Der Schein des Vorderlichts beleuchtete den rissigen Asphalt. Die Detektivinnen duckten sich tiefer hinter die Weißdornhecke. Der Fahrer stieg ab, schloss das Garagentor und setzte sich wieder auf die Maschine.

Franzi hielt den Atem an. Die Maschine war feuerrot, genau wie die Lederkluft des Fahrers. Der schwarze Helm hatte ein verspiegeltes Visier. Vor ihnen stand der Rote Rächer! Er ließ die Maschine noch einmal aufheulen und brauste durch die dunkle Sackgasse davon.

»Wo bleibt denn Stefan?«, schimpfte Franzi.

In diesem Moment tauchte ein alter Opel aus der Dunkelheit auf und hielt knatternd am Straßenrand.

»Da ist er ja!« Kim seufzte erleichtert.

Die drei !!! verließen ihr Versteck, rannten zum Auto und sprangen hinein.

»Fahr los!«, rief Franzi vom Beifahrersitz. »Schnell! Folge dem roten Motorrad!«

Stefan grinste. »Ich hab immer davon geträumt, dass das mal jemand zu mir sagt.« Er gab Gas und bog mit quietschenden Reifen um die Ecke.

»Da vorne ist es!« Marie hatte mit Kim hinten Platz genommen. Sie zeigte auf das rote Rücklicht des Motorrads, das gerade noch am Ende der Straße zu sehen war. Der Rote Rächer schien sich an die Geschwindigkeitsbegrenzung zu halten und im Wohngebiet das Tempo zu drosseln. Wahrscheinlich wollte er nicht das Risiko eingehen, wegen zu schnellen Fahrens von einer Polizeistreife gestoppt und auf diese Weise entlarvt zu werden.
Das Motorrad bog nach rechts ab, Stefan folgte ihm. Das Phantom verließ das Wohngebiet und setzte seine Fahrt in Richtung Osten fort. Auf der Ausfallstraße steigerte es das Tempo und Stefan musste ebenfalls aufs Gaspedal drücken.
»Ich fühle mich ein bisschen wie in einem Actionfilm«, gab Stefan grinsend zu. Ihm schien die Aktion eine Menge Spaß zu machen.
»Genau.« Kim lachte. »Du bist James Bond und verfolgst einen Bösewicht, der die ganze Welt in die Luft jagen will.«
»Bloß dass James Bond nie in einem uralten Opel durch die Gegend fahren würde«, bemerkte Franzi. »Der hat doch immer superschicke Autos.«
»Der Opel ist natürlich nur Tarnung.« Stefan tätschelte das Lenkrad. »In Wirklichkeit ist er ein Agentenmobil mit allen Schikanen.«
»Dann drück mal ein bisschen auf die Tube«, sagte Franzi. »Sonst geht uns der Bösewicht durch die Lappen.«
Das Motorrad hatte inzwischen einen ordentlichen Vorsprung. Sein Rücklicht war nur noch ein kleiner roter Punkt.
»Ich glaube, er fährt ins Ostviertel«, stellte Marie fest. »Was will er denn da?«

Das Ostviertel war ein nobles Wohnviertel mit großen alten Villen, die von riesigen, parkähnlichen Gärten umgeben waren. Auch Marie lebte mit ihrer Familie dort.
»Darf man fragen, warum ihr hinter diesem Motorrad her seid?«, erkundigte sich Stefan.
»Fragen darf man«, sagte Franzi. »Aber ich kann dir leider keine Antwort geben.«
Stefan machte ein enttäuschtes Gesicht. »Lass mich raten: geheime Ermittlungen?«
»Du hast es erfasst, Bruderherz.« Franzi nickte. »Trotzdem danke, dass du so schnell gekommen bist.«
»Ja, das ist wirklich supernett«, sagte Kim. »Ohne dich wären wir aufgeschmissen.«
»Kein Problem.« Stefan winkte ab. »Ich hab gerade am Schreibtisch gesessen und für eine Klausur gelernt. Da lasse ich mich gerne ablenken. Außerdem ist es mir eine Ehre, die berühmten Detektivinnen bei ihren Ermittlungen zu unterstützen.« Stefan zwinkerte Franzi zu.
»Das Motorrad biegt ab!« Marie wedelte aufgeregt mit der Hand. »Der Fahrer will tatsächlich ins Ostviertel.«
Das Phantom drosselte das Tempo. Die nächste halbe Stunde kurvte das Motorrad kreuz und quer durch das schicke Villenviertel. Es war gar nicht so leicht, ihm in den ruhigen Straßen zu folgen, ohne aufzufallen. Stefan gab sein Bestes, um genügend Abstand zu halten.
»Er scheint kein bestimmtes Ziel zu haben«, sagte Kim nach einer Weile.
»Vielleicht ist er Dieben auf der Spur«, überlegte Franzi. »Wurde hier in letzter Zeit irgendwo eingebrochen?«

»Nicht dass ich wüsste«, sagte Marie. »Achtung, er fährt wieder auf die Ausfallstraße.«
Das Motorrad verließ das Wohnviertel und brauste stadtauswärts davon. Auf der Landstraße drückte der Fahrer aufs Gas und das Rücklicht wurde immer kleiner, bis es nur noch ein winziger Punkt in der Ferne war.
Stefan schüttelte den Kopf. »Da kann mein alter Opel leider nicht mithalten. Sorry, Mädels, ich fürchte, der Typ hängt uns ab.«
»Mist!«, schimpfte Franzi.
»Wir hätten ihn im Ostviertel stellen sollen«, ärgerte sich Marie. »Jetzt ist es zu spät.«
Der rote Punkt war nicht mehr zu sehen.
»Soll ich umdrehen?«, fragte Stefan. »Am besten, ich bringe euch jetzt nach Hause.«
»Nein!« Franzi wollte noch nicht aufgeben. »Fahr weiter. Nur noch ein kleines Stück, okay?«
Auf der Landstraße war kaum Verkehr. Rechts und links schlummerten abgeerntete Felder in der Dunkelheit. Am Himmel leuchteten unzählige Sterne zwischen schnell dahinziehenden Wolken. Plötzlich tauchten Lichter am Straßenrand auf.
»Eine Tankstelle«, sagte Marie, als sie näher kamen.
»Da ist das Motorrad«, rief Kim aufgeregt. »Halt an, Stefan!«
Stefan lenkte den Opel auf das Tankstellengelände und parkte ein paar Meter von dem roten Motorrad entfernt, das einsam an einer Zapfsäule stand. Er drehte sich zu den drei !!!. »Und jetzt?«

»Jetzt schnappen wir ihn uns!« Franzi löste den Sicherheitsgurt.
»Soll ich mitkommen?«, fragte Stefan.
»Nicht nötig.« Franzi schüttelte den Kopf. »Warte bitte hier. Falls wir Hilfe brauchen, gebe ich dir ein Zeichen.«
»Okay.« Stefan schien nicht so richtig wohl bei der Sache zu sein. Seine Finger trommelten nervös auf dem Lenkrad. »Seid vorsichtig!«, rief er den Mädchen nach, als sie aus dem Auto stiegen.
»Sind wir doch immer.« Franzi warf die Tür zu.
»Was machen wir jetzt?«, fragte Marie, während sie sich dem Motorrad näherten.
Franzi warf einen Blick in den kleinen, hell erleuchteten Verkaufsraum der Tankstelle. Der Rote Rächer stand an der Kasse und bezahlte. Seinen Helm hatte er nicht abgenommen. »Am besten, wir fangen ihn ab, wenn er herauskommt.«
»Offenbar ist ihm das Benzin ausgegangen.« Kim nickte zu der Maschine hinüber. »Darum hat er seine Kontrollrunde durchs Ostviertel abgebrochen und ist hierhergefahren.«
»Wozu der Umstand?«, wollte Marie wissen. »Diese Tankstelle liegt total weit draußen. Er hätte doch genauso gut im Ostviertel tanken können.«
»Vielleicht hatte er Angst, erkannt zu werden«, vermutete Kim. » Schließlich sind die Zeitungen voll von ihm. In der Stadt ist viel mehr los.«
»Auch wieder wahr«, stimmte Marie zu.
Die drei !!! postierten sich links und rechts vom Eingang der Tankstelle. Kaum hatten sie ihre Plätze eingenommen, öffnete sich die Tür und der Rote Rächer kam heraus.

Franzi zögerte keine Sekunde. »Halt!«, rief sie. »Drehen Sie sich langsam um und nehmen Sie den Helm ab!«
Das Phantom blieb wie angewurzelt stehen. Einige Sekunden schien es zu Eis erstarrt zu sein. Franzis Herz klopfte wie wild. Wie würde der Rote Rächer reagieren? Würde er sie angreifen? Oder auf sein Motorrad springen und davonrasen? Franzi war auf alles gefasst.
»Wir wissen, wer Sie sind«, sagte Kim ruhig. »Das Spiel ist aus. Flucht ist zwecklos. Nehmen Sie jetzt bitte den Helm ab.«
Langsam drehte sich der Verdächtige um. Langsam hob er die Arme und griff nach seinem Helm. Das silberne *Hell Boys*-Symbol blitzte auf, als er den Helm im Zeitlupentempo abnahm.
Franzi hielt den Atem an. Gleich würde sein Gesicht zum Vorschein kommen. Gleich würden sie wissen, mit wem sie es zu tun hatten. Wer war das geheimnisvolle Phantom, das die Stadt seit Wochen in Atem hielt? Wer war der Rote Rächer?

Das Gegenteil von gut ist gut gemeint

Franzi traute ihren Augen kaum. »*Sie* sind es?«, fragte sie verblüfft.
Auch Kim und Marie starrten das Phantom an. Die beiden waren genauso verdutzt wie Franzi. Vor ihnen stand Birte Anders!
»Überrascht?« Die junge Polizeianwärterin grinste schief und fuhr sich durch ihre kurzen blonden Haare.
»Aber … wieso …?«, stammelte Franzi. Sie konnte es immer noch nicht glauben.
»Am besten, wir reden drinnen weiter«, sagte Kim, die sich als Erste wieder halbwegs gefasst hatte. »Wie Sie sich sicher denken können, haben wir einige Fragen.«
Birte Anders nickte seufzend. Sie warf einen sehnsüchtigen Blick zu ihrem Motorrad hinüber, machte aber keine Anstalten zu fliehen. Offenbar wusste sie, dass Flucht zwecklos war. Die drei !!! wussten, wer sie war, und konnten ihre Identität jederzeit bei der Polizei preisgeben.
Franzi gab Stefan ein Zeichen, dass alles in Ordnung war und er noch warten sollte. Stefan reckte als Antwort den Daumen in die Luft.
Im Innern der Tankstelle gab es zwischen Regalen mit Süßigkeiten, Chips und Zeitschriften zwei kleine Bistrotische. Kim, Franzi und Birte Anders nahmen an einem der Tische Platz, während Marie zum Kaffeeautomaten ging und in ihrem Portemonnaie nach Kleingeld suchte. Kurze Zeit später

kam sie mit drei Bechern Kakao und einem Becher Milchkaffee zurück.
»Danke.« Franzi legte beide Hände um den dampfenden Plastikbecher. Ihre Finger waren vor lauter Aufregung immer noch ganz kalt.
Auch Birte Anders nickte Marie dankbar zu. Sie war blass und ihr linkes Augenlid zuckte nervös. Davon abgesehen wirkte sie beinahe unheimlich ruhig.
»Sie sind also der Rote Rächer, über den die ganze Stadt redet«, eröffnete Kim das Gespräch. »Das ist wirklich eine Überraschung.«
»Wir sind Ihnen schon länger auf den Fersen«, fügte Marie hinzu. »Aber dass Sie hinter dem Phantom stecken, hätte ich nie im Leben gedacht.«
Birte Anders lächelte leicht. »Das war mein größter Trumpf. Niemand hat damit gerechnet, dass ich es bin. Ich glaube, nur deshalb ist der Rote Rächer so lange unerkannt geblieben.«
»Warum haben Sie das getan?«, fragte Kim. »Warum haben Sie den Roten Rächer gespielt?«
Das Lächeln verschwand von Birtes Gesicht. Nachdenklich blickte sie auf die zerkratzte Tischplatte. »Ich musste es einfach tun. Ich hatte keine andere Wahl.«
»Wieso?«, wiederholte Franzi Kims Frage.
Die Polizeianwärterin seufzte. »Weil ich sonst verrückt geworden wäre. Ihr wisst ja nicht, wie frustrierend mein Job manchmal sein kann. Ich wusste es selbst nicht, bis ich mein erstes Praktikum im Polizeidienst absolviert habe.«
»Was ist geschehen?«, wollte Marie wissen.

»Ich bin jeden Tag mit zwei Kollegen Streife gefahren«, erzählte Birte. »Von morgens bis abends. Wir haben alles gesehen: betrunkene Randalierer, aggressive Jugendliche, pöbelnde Fußballfans …« Sie stockte. »Vielleicht muss ich anders anfangen. Ich möchte, dass ihr versteht, warum ich es getan habe. Es ging mir nicht darum, in die Zeitung zu kommen oder als Held gefeiert zu werden. Es ging mir auch nicht um den schnellen Adrenalinkick. Es ging mir um … um …« Sie rang nach den richtigen Worten und verstummte.

»Lassen Sie sich Zeit«, sagte Franzi beruhigend. »Wir hören Ihnen zu.«

Birte Anders sammelte sich kurz. Dann setzte sie neu an. »Ich wollte schon immer Polizistin werden. Seit ich ein kleines Mädchen war. Mein Onkel war Polizist mit Leib und Seele. Er hat mir oft von seinen Einsätzen erzählt und davon, wie er den Menschen hilft. Das wollte ich auch: den Menschen helfen.« Sie trank einen Schluck Kaffee. »Erst kürzlich ist mir klar geworden, dass Onkel Kurt seinen Berufsalltag wahrscheinlich ziemlich beschönigt dargestellt hat. Leider kann ich ihn nicht mehr fragen, er ist vor drei Jahren gestorben.«

»Das tut mir leid«, murmelte Marie.

»Ja, mir auch.« Birte Anders starrte auf die Ketchup-Spritzer, die neben ihrem Plastikbecher auf der Tischplatte klebten. Sie waren genauso leuchtend rot wie ihre Lederjacke. »Wenn ich mit Onkel Kurt hätte reden können, wäre vielleicht alles anders gekommen. Aber ich konnte mit niemandem über meinen Frust sprechen.« Sie schüttelte den Kopf. »Den Menschen helfen kann man im Polizeialltag nämlich nur selten.

Meistens ist alles schon gelaufen, bis man zum Einsatzort kommt. Die Verbrecher muss man oft wieder gehen lassen, das habe ich euch ja schon erzählt.«

»Wie kann das sein?«, fragte Franzi. »Das kapier ich nicht!«

»Das ist auch nicht leicht zu verstehen«, stimmte Birte Anders zu. »Ich konnte es anfangs selbst kaum glauben. Die Sprayer zum Beispiel hatten wir schon einmal in der Nähe der Lagerhallen aufgegriffen. Wir haben Farbdosen und andere Indizien bei ihnen gefunden, aber das hat nicht gereicht, um sie zu überführen. Der Haftrichter hat sie laufen lassen.«

»Der Richter muss sich eben auch an die Gesetze halten«, sagte Kim. »Schließlich dürfen keine Unschuldigen im Gefängnis landen.«

»Nein, natürlich nicht.« Birte Anders trank noch einen Schluck Kaffee. »Trotzdem ist es deprimierend, wenn Kriminelle, von deren Schuld man fest überzeugt ist, nicht verurteilt werden. Natürlich ist das nicht laufend so. Trotzdem hat es mich mit der Zeit total frustriert. Als Ausgleich habe ich mich nach Feierabend auf mein Motorrad gesetzt und bin durch die Gegend gedüst. Einfach so, ohne ein besonderes Ziel oder eine bestimmte Absicht.«

»Und dann?«, fragte Marie gespannt.

»Eines Abends habe ich zufällig einen Verdächtigen, den wir tagsüber verhört hatten, auf der Straße entdeckt«, fuhr die Polizeianwärterin fort. »Wir waren davon überzeugt, dass er zu einer Autoschieberbande gehört, aber der Typ hat alles abgestritten. Wir mussten ihn gehen lassen. Am selben Abend läuft er mir zufällig über den Weg. Ich bin ihm gefolgt und habe beobachtet, wie er einen BMW geknackt hat.

Als er mit dem gestohlenen Wagen abhauen wollte, habe ich ihm den Weg versperrt und die Kollegen gerufen. Anonym natürlich. Als der Streifenwagen kam, hab ich mich aus dem Staub gemacht. Die Kollegen hatten genug damit zu tun, den Autodieb in Schach zu halten, deshalb haben sie mich nicht verfolgt.«

Franzi runzelte die Stirn. »Warum haben Sie sich nicht zu erkennen gegeben?«

Birte Anders zuckte mit den Schultern. »Ich weiß es nicht genau. Es war ein Impuls. Ich habe einfach aus dem Bauch heraus gehandelt. In diesem Moment habe ich mich nicht als Polizistin gefühlt, vielleicht deshalb.«

»Wurde der Autodieb anschließend verhaftet?«, erkundigte sich Franzi.

Birte Anders nickte. »Dieses Mal war Leugnen zwecklos. Dass der Mann in einem gestohlenen Auto gestoppt wurde, war Beweis genug. Er hat auf dem Präsidium alles gestanden.« Ein stolzer Ausdruck huschte über Birtes Gesicht. »Das war *mein* Verdienst! Es hat sich so unglaublich gut angefühlt, das Richtige zu tun und endlich etwas zu bewegen.«

»Und das hat Sie auf den Geschmack gebracht«, folgerte Kim. »Sie haben also weitergemacht?«

Birte Anders nickte. »Mit der Zeit wurde es zu einer richtigen Sucht. Jeden Abend bin ich auf meiner Maschine durch die Stadt gedüst, um die Verbrecher zu stellen, die wir tagsüber nicht gefasst hatten. Wenn ich mal einen Abend zu Hause geblieben bin, war ich total unausgeglichen und konnte nicht schlafen.«

»Sie haben Ihre internen Polizei-Informationen genutzt, um

ganz gezielt nach den Kriminellen zu suchen, stimmt's?«, fragte Marie.
Birte Anders nickte. »Das war ein unschlagbarer Vorteil. Ich wusste, wo sich die Verdächtigen herumtreiben. Und ich hatte jede Menge Zeit. Manchmal bin ich bis zwei oder drei Uhr nachts durch die Straßen gefahren. Irgendwann hab ich sie alle gekriegt.«
»War es bei dem Handtaschenräuber auch so?«, fragte Franzi.
»Bei ihm war es nicht ganz so leicht, weil er im gesamten Stadtgebiet zugeschlagen hat«, erklärte Birte. »Deshalb hat es auch eine Weile gedauert, bis ich ihn erwischt habe. Er war verdammt schnell und kannte eine Menge Schleichwege, die er zur Flucht genutzt hat. Als er dich überfallen hat, hätte ich ihn fast gehabt. Aber …«
»Aber dann bin ich Ihnen in die Quere gekommen«, beendete Franzi den Satz. »Richtig?«
»So ungefähr.« Die Polizeianwärterin unterdrückte ein Lächeln. »Für mich war es immer das Wichtigste, den Opfern zu helfen. Erst wenn ich sicher war, dass sie zurechtkommen, habe ich die Verfolgung des Täters aufgenommen.«
»Warum haben Sie die Sprayer quer durch den Hafen gejagt?«, fragte Kim. »Hätte es nicht gereicht, sie festzuhalten, bis Ihre Kollegen eintreffen?«
Birte Anders senkte den Kopf. »Ich wollte ihnen einen Denkzettel verpassen. Diese Typen waren so arrogant und selbstsicher, als wir sie auf dem Präsidium befragt haben. Sie haben sich über uns lustig gemacht! Das wollte ich ihnen heimzahlen.«
»Das hätte auch anders ausgehen können«, stellte Marie fest.

»Was, wenn der Jugendliche, der ins Hafenbecken gefallen ist, sich ernsthaft verletzt hätte oder sogar ertrunken wäre?«
Birte biss sich auf die Unterlippe. »Ich weiß selbst, dass ich nicht richtig gehandelt habe. Es war wie ein Rausch. Ich konnte einfach nicht anders.«
»Selbstjustiz ist keine Lösung«, sagte Kim. »Wenn jeder das Gesetz in die eigenen Hände nehmen würde, hätten wir das totale Chaos.«
»Ja, wahrscheinlich«, murmelte Birte. Sie hob den Kopf und sah Kim fest in die Augen. »Deshalb bin ich auch froh, dass es vorbei ist. Ich weiß nicht, wann ich es geschafft hätte, von selbst aufzuhören. Vielleicht niemals.«
»Sie wissen, dass wir Kommissar Peters informieren müssen, oder?«, fragte Franzi.
Birte Anders nickte langsam. »Natürlich.« Sie zog die Schultern hoch, als wäre ihr plötzlich kalt. »Es wird nicht leicht sein, ihm gegenüberzutreten. Er hat mich während meines Praktikums immer unterstützt und in die Ermittlungen einbezogen. Ich habe sein Vertrauen missbraucht. Aber ich werde die Konsequenzen für mein Handeln tragen. Es wird Zeit, reinen Tisch zu machen.«
Kim zückte ihr Handy und rief den Kommissar an. Das Gespräch war kurz. »Er kommt«, informierte Kim die anderen, als sie fertig war.
Sie warteten schweigend. Franzi nippte an ihrem Kakao, aber er war viel zu süß und ihr Magen war wie zugeschnürt. Birte Anders tat ihr leid. Sie hatte anderen Menschen helfen wollen und war dadurch selbst auf die falsche Seite des Gesetzes geraten. Wie schnell sich gute Absichten in etwas Ne-

gatives verwandeln konnten! Wieder einmal wurde Franzi klar, dass die Grenzen zwischen Gut und Böse oft fließend waren. Es gab nicht nur Schwarz und Weiß, sondern auch jede Menge Grautöne dazwischen.

Zehn Minuten später öffnete sich die Tür und Kommissar Peters kam herein.

»Ihr habt den Roten Rächer gefasst?«, fragte er, ohne sich mit einer Begrüßung aufzuhalten. »Wo ist er?« Der Kommissar sah sich suchend um.

»Er ist eine Sie«, sagte Marie.

»Wie bitte?« Kommissar Peters runzelte die Stirn.

Birte Anders holte tief Luft. »Ich bin es. Ich bin der Rote Rächer.«

Der Kommissar starrte sie an. »Soll das ein Witz sein? Wenn ja, kann ich nicht darüber lachen.«

»Kein Witz«, stellte Kim klar. »Ihre Praktikantin ist das Phantom.«

»Das darf doch nicht wahr sein!« Der Kommissar ließ sich auf einen Stuhl fallen. Zum ersten Mal erlebten die drei !!! ihn völlig sprachlos. Stumm musterte er Birte Anders, als hätte er sie noch nie zuvor gesehen. Die Polizeianwärterin schaffte es nicht, seinem Blick standzuhalten. »Ich hätte selbst darauf kommen müssen«, sagte Peters schließlich. »Mir war schon länger klar, dass das Phantom eine Quelle bei der Polizei haben muss. Kein angenehmer Gedanke, das kann ich euch sagen. Die meisten Kollegen kenne ich schon seit Jahren. Ich konnte mir einfach nicht vorstellen, dass einer von ihnen vertrauliche Informationen weitergibt.«

Birte Anders knetete ihre Finger. »Es tut mir leid, Herr Peters«, murmelte sie.
Der Kommissar schien sie gar nicht zu hören. »Ich habe Ihnen vertraut, Birte! Ich habe Sie für eine vielversprechende Polizistin gehalten. Eine junge Anwärterin mit Potenzial. Sie haben so viel Schwung und Energie in die Arbeit eingebracht.« Er schüttelte wieder den Kopf. »Wie man sich täuschen kann …«
»Es tut mir leid«, wiederholte Birte Anders etwas lauter. »Ich wollte nichts Schlechtes tun.« Sie war den Tränen nahe.
»Aber sie wollte doch nur helfen.« Franzi hatte das Bedürfnis, die junge Frau zu verteidigen.
»Selbstjustiz ist keine Lösung.« Ohne es zu wissen, wiederholte Peters Kims Worte. Er erhob sich. »Am besten, wir fahren ins Präsidium und reden dort weiter. Das Motorrad lasse ich später abholen.« Er nickte seiner Praktikantin zu. »Kommen Sie bitte mit.«
Birte Anders erhob sich mit gesenktem Kopf. Sie bewegte sich wie ein ferngesteuerter Roboter. Vielleicht wurde ihr erst jetzt klar, welche Tragweite die Ereignisse dieses Abends hatten. Ihr geheimes Leben als Verbrecher jagendes Phantom war vorbei. Den Roten Rächer gab es nicht mehr.
»Soll ich euch nach Hause bringen?«, fragte Kommissar Peters an die Detektivinnen gewandt, als sie draußen vor der Tankstelle standen.
Franzi schüttelte den Kopf. »Stefan wartet dort drüben auf uns.« Sie zeigte auf den alten Opel.
»Sehr gut.« Der Kommissar nickte den drei !!! zu. »Könnt ihr morgen Vormittag ins Präsidium kommen? Ich brauche

noch eure Aussage. Außerdem interessiert es mich natürlich brennend, wie ihr dem Phantom auf die Schliche gekommen seid.«
»Das erzählen wir Ihnen liebend gern.« Marie grinste. »Wir werden morgen da sein.«
Der Kommissar schob Birte Anders auf den Beifahrersitz seines Autos. Bevor er die Tür schloss, beugte sich Franzi zu der Praktikantin hinunter, ergriff ihre Hand und drückte sie fest. »Danke«, flüsterte sie. »Danke, dass Sie für mich da waren und mir geholfen haben.«
Birtes Blick war wie erloschen. Tränen liefen über ihre Wangen. Sie antwortete nicht, aber sie drückte ganz leicht Franzis Hand.
Kommissar Peters setzte sich in den Wagen und fuhr davon. Franzi sah dem Auto nach, bis es in der Dunkelheit verschwunden war. Sie blinzelte eine Träne weg. Sie hätte Birte Anders so gerne geholfen. Aber sie konnte nichts für sie tun. Jetzt musste sich die Polizeianwärterin selbst helfen.
Kim legte sanft die Hand auf Franzis Schulter. »Komm, wir fahren nach Hause.«
Franzi nickte. Sie rieb sich mit der Hand über die Augen. Kim und Marie hakten sich links und rechts bei ihr ein und zu dritt gingen sie zu Stefans Opel hinüber.

Keine Schmetterlinge im Bauch

Detektivtagebuch von Kim Jülich
Sonntag, 15:21 Uhr
Der Fall ›Roter Rächer‹ ist gelöst! Das geheimnisvolle Phantom ist enttarnt und wird keine Verbrecher mehr jagen. Wir waren alle sehr überrascht, dass Birte Anders die mysteriöse Motorradfahrerin ist. Wer hätte das gedacht? Sie hatte die besten Absichten, ist aber leider über das Ziel hinausgeschossen. Eigentlich eine ziemlich tragische Geschichte.
Vorhin waren wir bei Kommissar Peters und haben unsere Aussage gemacht. Allmählich wird es fast zur Gewohnheit, den Sonntag auf dem Polizeipräsidium zu verbringen. ☺ Der Kommissar hat uns ein dickes Lob für unsere Ermittlungsarbeit ausgesprochen und zugegeben, dass wir ihm mal wieder eine Nasenlänge voraus waren. Ohne uns wäre das Phantom vermutlich noch eine ganze Weile unerkannt durch die Stadt gedüst. Und wer weiß, was Birte Anders als Roter Rächer noch so alles angestellt hätte. Früher oder später wäre vielleicht jemand zu Schaden gekommen, aber das konnten wir ja zum Glück verhindern.
Was aus Birte wird, ist noch nicht ganz klar. Natürlich wird ihr Handeln Konsequenzen haben. Hoffentlich kann sie trotzdem noch Polizistin werden! Es wäre bestimmt schrecklich für sie, wenn sie ihren Job verliert.
Ich bin froh, dass wir den Fall aufklären konnten – auch wenn mir Birte ein bisschen leidtut. Ich habe gestern in der Tankstelle sogar einen klitzekleinen Moment überlegt, ob wir sie einfach

gehen lassen sollen. Schließlich wollte sie etwas Gutes tun und anderen helfen. Aber Selbstjustiz ist nun mal strafbar und jeder muss die Konsequenzen für sein Handeln tragen – auch wenn die besten Absichten dahinterstecken.
Liebe Birte, ich hoffe, du bekommst dein Leben bald wieder in den Griff und findest dein Glück!

<u>*Geheimes Tagebuch von Kim Jülich*</u>
<u>*Sonntag, 15:46 Uhr*</u>
Wer meine geheimen Aufzeichnungen liest, den wird meine Wut treffen wie ein Blitzschlag aus heiterem Himmel. Meine Rache wird fürchterlich sein! Also: Finger weg!!!
Nächste Woche beginnen Michis Prüfungen. Ich bin so froh, wenn alles vorbei ist. Dann können wir uns endlich wieder regelmäßig sehen! Zum Glück war ich in letzter Zeit voll und ganz mit unserem Fall beschäftigt, sodass ich gut abgelenkt war.
Aber nun ist der Fall gelöst und die Sehnsucht nach Michi hat mich wieder fest im Griff. Am liebsten würde ich sofort zu ihm fahren und den Sonntagnachmittag mit ihm verbringen. Aber das geht natürlich nicht. Michi ist so im Lernstress, dass wir vorhin nur ganz kurz telefonieren konnten. Der Arme war total nervös und hat mir richtig leidgetan. Ich hab versucht, ihm Mut zu machen. Wer so viel lernt, muss *die Prüfungen einfach super bestehen, oder?! Aber ich bin mir nicht sicher, ob ich ihn überzeugen konnte. Lieber Michi, ich würde dich so gerne unterstützen! Aber wie?*
Ha! Gerade habe ich einen Geistesblitz gehabt. Jetzt weiß ich, wie ich Michi helfen kann. Ich werde ihm einen kleinen Glücks-

bringer basteln. Den bringe ich ihm nachher vorbei. So habe ich zwei Fliegen mit einer Klappe geschlagen: Ich kann Michi Mut machen und ihn heute doch noch kurz sehen.
Kim Jülich, du bist ein Genie!
Und jetzt: an die Arbeit!

Eine Woche später radelte Franzi durch die Innenstadt. Sie war mit Kim und Marie beim Clubhaus der *Black Riders* verabredet. Die Biker feierten heute ihr alljährliches Herbstfest und Joe Weidner hatte die Detektivinnen dazu eingeladen.
Franzi hatte noch etwas Zeit. Es war ein strahlender Herbstnachmittag. Die Sonne schien von einem mattblauen Himmel, als wollte sie noch einmal alles geben, bevor die dunkle Jahreszeit begann. Franzi beschloss, einen kurzen Zwischenstopp bei der Eisdiele einzulegen und sich eine kleine Wegzehrung zu gönnen.
Die Eisdiele in der Innenstadt war gut besucht. Draußen saßen die Gäste in kuschelige Wolldecken gehüllt an den Tischen, schlürften Latte macchiato und genossen die Sonne. Franzi kaufte sich zwei Kugeln Schokoladeneis und begann, genüsslich an ihrer Waffel zu lecken. Sie schloss einen Moment die Augen. Himmlisch! Das Eis schmeckte nach Sommer, Sonne und guter Laune. Kaum zu glauben, dass der Winter schon vor der Tür stand …
Plötzlich klopfte ihr jemand von hinten auf die Schulter.
»Hallo, Franzi!«
Franzi erstarrte. Die Stimme war ihr fast so vertraut wie ihre eigene. Langsam drehte sie sich um. Vor ihr stand ein schlanker Junge mit milchkaffeebrauner Haut und dunklen

Locken. Der Blick aus seinen braunen Augen bohrte sich tief in ihr Herz.

»Felipe!«, ächzte Franzi. Sie blinzelte mehrmals hintereinander. War es wieder nur ein Traum? Nein, dieses Mal stand Felipe leibhaftig vor ihr.

»Lange nicht gesehen.« Felipe fuhr sich verlegen durch seine Locken.

Franzi nickte stumm. Sie bekam keinen Ton heraus. Sie musste an die letzte Begegnung mit Felipe denken. Damals, im Sommer, als er mit ihr Schluss gemacht hatte. Aus heiterem Himmel. Zumindest war es ihr so erschienen. Dabei hatte es natürlich schon länger Anzeichen dafür gegeben, dass es zwischen ihnen kriselte. Aber Franzi hatte es nicht geschafft, den endgültigen Schlussstrich zu ziehen. Das hatte Felipe übernommen.

»Vorsicht!« Felipe deutete auf Franzis Eis, das langsam vor sich hin schmolz. Ein brauner Tropfen lief über ihren Handrücken und Franzi leckte ihn schnell ab.

»Wie … wie geht es dir?«, fragte Felipe.

Franzi räusperte sich. »Gut«, murmelte sie. »Und dir?«

Felipe zuckte mit den Schultern. »Geht so.« Ein Schatten huschte über sein Gesicht.

Einen Moment fühlte sich Franzi in ihren Traum zurückversetzt. Der Traum, in dem Felipe auf ihrer Bettkante gesessen und die Trennung rückgängig gemacht hatte. Sie hörte seine Stimme in ihrem Kopf: *Ich habe einen riesigen Fehler gemacht. Erst durch unsere Trennung ist mir klar geworden, wie sehr ich dich brauche. Ich kann ohne dich nicht leben. Franzi, ich liebe dich!*

Franzi hielt den Atem an. Würde ihr Traum wahr werden? Vermisste Felipe sie? Ging es ihm schlecht, weil er die Trennung bereute?
»Was ist denn los?«, fragte sie mit heiserer Stimme.
»Ach, nichts Besonderes.« Felipe zögerte. »Ich … na ja … ich hab immer noch Heimweh nach Mexiko. Keine Ahnung, warum ich es nicht schaffe, mich hier in Deutschland richtig zu Hause zu fühlen.«
Franzi schluckte. Felipe vermisste sie nicht. Er vermisste seine Heimat. Er vermisste Mexiko. Franzi wartete darauf, dass eine Welle der Enttäuschung über ihr zusammenschlug und sie in einem Meer aus Liebeskummer unterging. Aber nichts geschah. Keine Welle, keine Verzweiflung, kein Liebeskummer.
»Es tut mir leid, dass du Heimweh hast«, sagte Franzi schließlich leise.
»Das muss es nicht. Du kannst ja nichts dafür.« Felipe lächelte. »Du siehst gut aus.«
»Danke«, antwortete Franzi automatisch. Sie konnte den Blick nicht von Felipe abwenden. Dieses Lächeln hatte sie einmal geliebt. Und jetzt? Franzi horchte in sich hinein. Ihr Herz klopfte ruhig und gleichmäßig in ihrer Brust und kein einziger Schmetterling flatterte in ihrem Bauch. Früher hatten sich jedes Mal bei Felipes Anblick ganze Schwärme von Schmetterlingen in ihrem Magen erhoben. Doch das war vorbei. »Ich muss jetzt los«, sagte Franzi. »Bin noch verabredet.«
»Klar. Kein Problem.« Felipe steckte die Hände in die Hosentaschen. »Vielleicht sieht man sich ja mal wieder. Würde mich freuen.«

»Ja. Vielleicht.« Franzi winkte Felipe zum Abschied zu. »Bis dann.«
»Tschüss.« Felipe zögerte noch einen Moment, dann drehte er sich um und ging davon.
Franzi leckte nachdenklich an ihrem Eis, während sie ihm nachsah.
Felipe, mein Ex-Freund.
Klang eigentlich ganz okay. Selbst als Felipe um die Ecke verschwand, kam ihr Herzschlag nicht aus dem Takt. Kein Aussetzer, kein schmerzhafter Stich in der Brust. Was blieb, waren der süße Schokoladengeschmack auf ihrer Zunge und die langsame Erkenntnis, dass die Zeit der Trauer endgültig vorbei war.

Sprudelndes Glück

Kim und Marie warteten schon vor dem Clubhaus, als Franzi auf ihrem Fahrrad in die Alte Bahnhofstraße düste.

»Da bist du ja endlich«, begrüßte sie Kim. »Wir dachten schon, dir ist was dazwischengekommen.«

»Sorry, ich hab noch jemanden getroffen.« Franzi ließ ihren Blick über den Hof wandern. »Die haben hier ja richtig aufgeräumt!«

Die gestapelten Reifen waren verschwunden, genauso wie die rostigen Ersatzteile. Jemand hatte das welke Laub weggefegt und eine bunte Girlande über der geöffneten Tür befestigt. Laute Musik dröhnte aus dem Clubraum.

»Wollen wir reingehen?«, fragte Kim.

»Einen Moment noch!« Marie zupfte geheimnisvoll lächelnd an ihrer schwarzen Bikerjacke mit Nietenbesatz und Fransen. Dazu trug sie eine enge Jeans und schwere Stiefel. Wie immer hatte sie ein Outfit gewählt, das perfekt zum Anlass ihres Treffens passte. »Erst muss ich euch noch das Neuste erzählen.«

»Was ist los?«, fragte Franzi neugierig.

Ehe Marie antworten konnten, erschien Joe Weidner in der Tür zum Clubraum. Strahlend kam er auf die drei !!! zu. »Da seid ihr ja! Wollt ihr etwa hier im Hof stehen bleiben? Kommt doch rein!«

»Vielen Dank für die Einladung«, sagte Kim höflich.

»Wirklich nett, dass wir beim Herbstfest der *Black Riders* dabei sein dürfen«, fügte Franzi hinzu.

Joe Weidner machte eine wegwerfende Handbewegung. »Ach was, das ist doch selbstverständlich. Außerdem wollte ich mich noch bei euch bedanken für den Tipp mit meiner Frau.« Er zwinkerte Kim zu. »Dein Rat war wirklich Gold wert.«

»Das freut mich.« Kim lächelte. »Haben Sie reinen Tisch gemacht?«

Der Club-Chef nickte. »Noch am selben Abend. Ich sag's euch, ich hatte ganz schön Bammel.« Er grinste.

»War es sehr schlimm?«, fragte Marie mitfühlend.

»Sagen wir mal so: Ich hatte schon nettere Abende.« Joe Weidner verzog das Gesicht. »Meine Frau war total sauer, als ich ihr die Wahrheit gesagt habe. Völlig zu Recht natürlich. Aber inzwischen haben wir uns wieder vertragen.«

»Und was machen Sie jetzt mit Ihrem Motorrad?«, erkundigte sich Franzi.

»Wir haben uns auf einen Kompromiss geeinigt«, berichtete Joe Weidner. »Ich behalte die Maschine und drehe einmal in der Woche eine kleine Runde, um den Kopf freizukriegen. Die Leitung des Clubs habe ich abgegeben, darum können sich jetzt andere kümmern. Und ich habe meiner Frau versprochen, immer vorsichtig zu fahren und kein unnötiges Risiko einzugehen. Das bin ich ihr und Laura schuldig.«

»Klingt gut.« Kim schnupperte. »Hier riecht es nach Feuer. Brennt es irgendwo?«

»Wir haben ein Lagerfeuer im Garten angezündet.« Joe Weidner machte eine einladende Handbewegung. »Kommt rein, jetzt wird gefeiert!«

Er führte die Detektivinnen in den Clubraum, der mit weiteren Girlanden geschmückt war. Hinter dem Mischpult einer großen Musikanlage stand Tommi und sorgte für den passenden Sound. Er winkte den drei !!! gut gelaunt zu. Die Musik dröhnte in Franzis Ohren. Hier drinnen war es so laut, dass man sein eigenes Wort nicht verstehen konnte.

Die drei !!! folgten Joe Weidner durch eine weitere Tür hinaus in einen kleinen, ziemlich verwilderten Garten. Ein paar knorrige Apfelbäume reckten ihre krummen Zweige über das flache Dach der Garage. Dazwischen wuchsen Büsche und ein Fliederstrauch. Wilder Wein rankte sich an der Rückseite der Garage empor und das Gras war schon ewig nicht mehr gemäht worden. Obwohl der Garten alles andere als gepflegt war, wirkte er wie eine grüne Oase zwischen den Mauern der angrenzenden Gebäude.

»Wow!« Marie zog überrascht die Augenbrauen hoch. »Von der Straße aus sieht man gar nicht, dass es im Hinterhof so einen tollen Garten gibt.«

Im hohen Gras standen mehrere Tische und bunt zusammengewürfelte Stühle, auf denen es sich die Mitglieder des Motorradclubs bequem gemacht hatten. Viele hatten ihre Familien mitgebracht. Frau Weidner unterhielt sich mit dem Pferdeschwanz-Mann, während Laura neben ihr im Kinderwagen friedlich schlief. Kinder in verschiedenen Altersklassen tobten durch den Garten oder standen um den Metallkorb herum, in dem ein Feuer prasselte. Funken stiegen in den Himmel und verglühten in der milden Herbstluft. In einer Ecke des Gartens befand sich ein großer Grill, auf dem Würstchen und Steaks brutzelten. Eddie legte gerade eine neue Ladung Fleisch auf.

»Hmmm, das riecht aber gut.« Kim warf einen sehnsüchtigen Blick zum Grill hinüber.
»Mögt ihr ein Würstchen?«, fragte Joe Weidner. »Wartet einen Moment, ich hol euch welche. Bedient euch so lange bei den Getränken.«
An der Fassade des Clubhauses lehnte ein langer Biertisch mit einer karierten Papiertischdecke, auf dem das Buffet aufgebaut war. Neben Schüsseln mit Salaten, Fladenbrot, Zaziki und anderen Dips befanden sich Flaschen mit Cola, Wasser und Saftschorle.
Franzi nahm sich eine Rhabarberschorle. »Ein richtig nettes Fest.«
Kim nickte. »Irgendwie hatte ich mir so einen Motorradclub immer ganz anders vorgestellt.« Sie griff nach einer Wasserflasche.
»Es sind eben nicht alle Biker kriminelle Gang-Mitglieder«, stellte Marie fest, während sie sich ebenfalls bei den Getränken bediente. Sie nickte grinsend zum Pferdeschwanz-Mann hinüber, der gerade Laura aus dem Kinderwagen genommen hatte und sie mit dem Zeigefinger unter dem Kinn kitzelte. Das Baby, das sein Nachmittagsschläfchen beendet hatte, quietschte vergnügt und ein paar umstehende Motorradfahrer lachten.
»Laura scheint bei den Bikern gut anzukommen.« Franzi trank einen Schluck Schorle. »Da fällt mir ein: Was wolltest du uns eigentlich vorhin so Wichtiges erzählen, Marie?«
Marie schlug sich mit der flachen Hand gegen die Stirn. »Ich Esel! Das hätte ich fast vergessen. Dabei ist es eine umwälzende, alles verändernde, absolut gigantische Neuigkeit.«

»Jetzt bin ich aber wirklich gespannt«, sagte Kim.
»Ich sag's euch, ich bin fast in Ohnmacht gefallen, als ich es erfahren habe«, versicherte Marie. »Vor lauter Aufregung konnte ich die ganze Nacht nicht schlafen und …«
»Komm endlich zum Punkt, Marie«, unterbrach Franzi ihre Freundin lachend. »Was ist passiert?«
Marie machte eine spannungsgeladene Pause, bevor sie verkündete: »Papa und Tessa werden heiraten.«
»Nein!«, rief Kim.
»Doch.« Marie strahlte über das ganze Gesicht. »Ist das nicht toll?«
»Und wie!« Franzi umarmte Marie. »Herzlichen Glückwunsch!«
»Danke.« Marie grinste so stolz, als hätte sie selbst einen Heiratsantrag bekommen.
Auch Kim schloss Marie in die Arme. »Ich freue mich total für dich. Wann hat dein Vater Tessa den Antrag gemacht?«
»Gar nicht«, antwortete Marie.
»Hä?«, machte Kim verständnislos.
»Es war genau umgekehrt«, erklärte Marie. »Tessa hat Papa gefragt, ob er sie heiraten will.«
»Cool!« Franzi nickte anerkennend. »Selbst ist die Frau. Hat er gleich Ja gesagt?«
»Natürlich.« Marie kicherte. »Obwohl er ein bisschen überrumpelt war, glaube ich. Hinterher hat er mir gestanden, dass er Tessa auch schon länger einen Antrag machen wollte. Aber er hat sich nicht getraut.«
»Gut, dass Tessa die Sache in die Hand genommen hat«, sagte Kim. »Sonst wäre garantiert nie etwas draus geworden.«

»Für dich ist es wirklich okay, wenn die beiden heiraten?«, fragte Franzi vorsichtig.

Maries Mutter war gestorben, als Marie noch ganz klein gewesen war, und Marie hatte lange mit ihrem Vater allein gelebt. Die beiden waren ein eingespieltes Team, weshalb Marie anfangs gar nicht begeistert gewesen war, als sich ihr Vater in Tessa verliebte.

»Natürlich.« Marie lächelte etwas wehmütig. »Ich werde Mama nie vergessen, daran ändert auch Papas Beziehung mit Tessa nichts. Ich bin froh, dass er wieder jemanden gefunden hat, den er liebt. Tessa tut Papa gut. Seit er mit ihr zusammen ist, ist er viel fröhlicher und ausgeglichener. Und mit Lina komme ich inzwischen auch ganz gut klar.«

»Dann ist ja alles in Butter«, sagte Franzi zufrieden.

»Von wegen!« Marie riss dramatisch die Augen auf. »Es gibt ein riesengroßes Problem.«

»Was denn?«, fragte Kim alarmiert. »Meinst du, Tessa überlegt es sich doch noch anders?«

»Quatsch«, sagte Marie. »Es ist viel schlimmer: Die Hochzeit soll erst im Mai stattfinden. Bis dahin ist es noch ewig!« Marie stöhnte. »Wie soll ich das nur aushalten?«

Franzi lachte. »Du schaffst das schon.«

Kim verdrehte die Augen. »Mensch, Marie, du hast mir einen richtigen Schrecken eingejagt. Ist doch nicht schlimm, wenn's noch ein bisschen dauert.«

»Ein bisschen?«, fragte Marie empört. »Bis Mai sind es noch sechs Monate!«

»So habt ihr wenigstens genug Zeit für die Vorbereitungen«, sagte Franzi. »Wird es eine große Hochzeit?«

»Und ob!« Marie nickte eifrig. »Papa und Tessa wollen all ihre Freunde, Kollegen und Verwandten einladen. Tessa hat ihre Elternzeit verlängert, damit sie die Hochzeitsplanung ohne Stress angehen kann. Natascha hat versprochen, ihr unter die Arme zu greifen. Es gefällt ihr so gut bei uns, dass sie beschlossen hat, ihren Aufenthalt zu verlängern. Vielleicht will sie sogar hier in Deutschland studieren.«

»Das wäre ja toll!«, freute sich Franzi.

Natascha, das Au-pair-Mädchen der Grevenbroichs, stammte aus Russland und war sehr nett und lustig. Sie hatte eine Menge Temperament und kümmerte sich hingebungsvoll um den kleinen Finn.

»Weißt du schon, was du anziehst?«, fragte Kim.

Marie schüttelte den Kopf. »Ich hab letzte Nacht ein paar Modezeitschriften gewälzt, weil ich vor lauter Aufregung sowieso nicht schlafen konnte. Es muss etwas richtig Festliches sein, bodenlang, vielleicht mit einer kleinen Schleppe und Wasserfall-Ausschnitt. So wie das Kleid von Pippa Middleton auf der Hochzeit von Kate und Prinz William. Erinnert ihr euch?«

»Ist das nicht etwas übertrieben?«, fragte Franzi stirnrunzelnd. »Die Hochzeit findet schließlich nicht am englischen Königshof statt und dein Vater ist auch nicht der britische Thronfolger.«

»Na und?« Marie zuckte die Schultern. »Ist doch egal. Ich will auf jeden Fall *königlich* aussehen.«

»Das wirst du auch«, versicherte Kim. »Zum Glück bleiben dir noch ein paar Monate, um dir über die Kleiderfrage Gedanken zu machen.«

»So gesehen ist es vielleicht doch nicht so schlecht, dass Papa und Tessa erst im Mai heiraten«, gab Marie zu. »Auch wenn ich am liebsten sofort mit den Vorbereitungen anfangen würde.«
»Achtung, heiß und fettig!« Joe Weidner kehrte vom Grill zurück. Er balancierte drei Pappteller mit dampfenden Würstchen.
»Super, vielen Dank.« Kim nahm ihren Teller entgegen und schnupperte begeistert.
»Ich muss mich jetzt mal wieder ein bisschen um meine Familie kümmern«, sagte Joe Weidner entschuldigend. »Wir sehen uns später, okay? Genießt das Fest!«
»Das machen wir, danke.« Franzi biss vorsichtig in ihr Würstchen und nuschelte: »Köschtlich!«
»Wie sind eigentlich Michis Prüfungen gelaufen?«, erkundigte sich Marie.
»Bisher ganz okay«, antwortete Kim. »Die Ergebnisse bekommt er natürlich erst später, aber er hat ein gutes Gefühl. Der kleine Engel, den ich ihm als Glücksbringer gebastelt habe, scheint also gewirkt zu haben.«
»Du hast ihm einen Glücksbringer gebastelt?«, fragte Marie. »Wie süß!«
»Ja, Michi hat sich auch sehr darüber gefreut.« Kim lächelte. »Er hat gesagt, der Engel wird bei jeder Klausur auf seinem Tisch sitzen und ihm Mut machen, wenn er nicht weiterweiß. Montag und Dienstag schreibt er die letzten beiden Klausuren, danach hat er es geschafft.«
»Super!«, sagte Franzi. »Dann könnt ihr euch ja endlich wieder öfter sehen.«

Kim nickte glücklich. »Ich freu mich schon so!« Sie warf Franzi einen schuldbewussten Blick zu. »Entschuldigung, das war unsensibel von mir.«
»Überhaupt nicht«, erwiderte Franzi. »Ihr braucht keine Rücksicht mehr auf mich zu nehmen. Ich glaube, ich bin endgültig über Felipe hinweg.«
»Ehrlich?« Marie zog eine Augenbraue hoch.
Franzi nickte. »Ich hatte auf dem Weg hierher eine sehr aufschlussreiche Begegnung.« Sie erzählte ihren Freundinnen von dem zufälligen Treffen mit Felipe vor der Eisdiele.
»Du hast einfach ganz locker mit ihm geredet?«, fragte Kim bewundernd. »Ohne Herzklopfen und Schmetterlinge im Bauch? Nicht schlecht!«
»Das ist ein sehr gutes Zeichen«, sagte Marie zufrieden. Feierlich legte sie Franzi die Hand auf die Schulter. »Franziska Winkler, nachdem du diesen letzten Härtetest bestanden hast, erkläre ich dich zur tapferen Siegerin über den Liebeskummer. Herzlichen Glückwunsch!«
»Danke.« Franzi grinste vergnügt. Sie spürte, wie ihr Herz in ihrer Brust schlug. Endlich tat es nicht mehr weh. Unmerklich war ihr gebrochenes Herz in den letzten Monaten geheilt.
Plötzlich wurde Franzi von tiefer Dankbarkeit erfüllt. Sie hatte ihren Liebeskummer überwunden. Sie würde auch ohne Felipe glücklich sein. Aus einem Impuls heraus umarmte Franzi erst Kim, dann Marie und drückte beiden einen Kuss auf die Wange.
»Wofür war das denn?«, fragte Kim überrascht.
Franzi lachte. »Einfach nur so. Mir ist gerade mal wieder klar

geworden, wie viel Glück ich habe. Ich habe nicht nur unseren Detektivclub, sondern auch eine tolle Familie und die besten Freundinnen der Welt.«

»Auf die Freundschaft!«, rief Marie und die drei !!! stießen an. Franzi trank einen Schluck und die Rhabarberschorle in ihrer Flasche sprudelte genauso sehr wie das unbändige Glücksgefühl in ihrem Bauch.